新世纪保健图文传真

产后健康与形体重塑

（英）朱迪·桑格罗夫 著

刘东晖 陈林莺 译 刘 敏 校

福建科学技术出版社

著作权合同登记号：图字13-2000-44
A Marshall Edition

原书名：YOUR HEALTH AFTER BIRTH
本书中文简体字版由英国Marshall公司授权
福建科学技术出版社独家翻译、出版，在
中华人民共和国境内发行

图书在版编目(CIP)数据

产后健康与形体重塑 /（英）桑格罗夫著；刘东晖，陈林莺译.—福州：福建科学技术出版社，2001.9
（新世纪保健图文传真）
ISBN 7-5335-1868-3

I.产… II.①桑… ②刘… ③陈… III.产妇－保健 IV.R173

中国版本图书馆CIP数据核字(2001)第060208号

书　　名	产后健康与形体重塑 新世纪保健图文传真
作　　者	(英) 朱迪 · 桑格罗夫
译　　者	刘东晖　陈林莺　刘敏(校)
出版发行	福建科学技术出版社(福州市东水路76号，邮编350001) www.fjstp.com
经　　销	各地新华书店
印　　刷	深圳中华商务联合印刷有限公司
开　　本	889毫米 x 1194毫米 1/32
印　　张	3.5
字　　数	115千字
版　　次	2001年9月第1版
印　　次	2001年9月第1次印刷
印　　数	1－10 000
书　　号	ISBN 7-5335-1868-3/R·398
定　　价	20.00元

书中如有印装质量问题，可直接向本社调换

目录

1 整体健美

2 饮食

3 形体重塑

4 让腹部恢复平坦

5 体内问题

6 情感适应

引言

根据调查，大部分人想要变得匀称的最重要原因是虚荣心。他们想变得漂亮些。有规律的锻炼的确能使你更好看。它帮助你控制体重；它给你曲线、协调和红润；它也给你耐力、力量和柔韧性，使你显得更自信更优美。

虚荣心似乎可以成为开始锻炼的一个拙劣理由。但是当你看起来像一头搁浅的鲸那么臃肿地度过几个月，而且在几个月中面对不眠之夜、脏尿布和遍布衣服上的婴儿口水后，重新对你的外表感到骄傲是极其重要的。

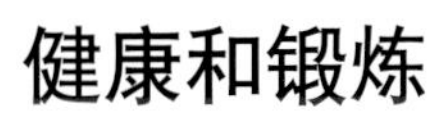

健康和锻炼

锻炼不仅仅是美容，也对你的长期健康有深远的影响。它能改善血液循环；它能增强心脏、肺、骨骼和肌肉功能；它能控制血压、血脂和血糖水平；它能帮助消化，防止便秘；它甚至使你感觉到更快乐而且更积极。

已经知道有些女运动员在生完孩子几周后就起来活动，参加赛跑并赢得奖牌。而另一些妇女生小孩后近两年还不活动。如果你没有进行有规律的锻炼的习惯，开始一项健康锻炼计划是艰巨的，但是值得努力。

健康使你更喜爱你的宝宝。毕竟，你深爱着孩子并引以为豪。成为母亲是一个激动的时刻，但也是一项昼夜不停的工作。生活就是永无休止地给你的婴儿喂食、清洁和换衣服。你可能既是母亲又是职业女性，那么你越健康，就越能更好地应付。

你自己的时间

当你全身心照看孩子期间，锻炼是你专注于自己的一段时间，这是很重要的。锻炼常常在户外进行，所以你能走出房间呼吸新鲜空气。你可以把小孩留在家，这样你可以获得独处的时间。或者你可以让锻炼成为社交聚会的时机，你可以和其他母亲一起做瑜伽；你可以参加团体项目；你还可以在健身馆结交新朋友。

如果你从不进行有规律的锻炼而现在开始这样做，你很快就会发觉你的外貌和感觉的改善。变得更健康的同时，你开始减去身上多余的脂肪并获得更多肌肉，你将变得更苗条更协调。这些改变将给你日常生活提供更多能源和力量，因此你很少感觉到疲劳。你也将感到更热情更积极。

开始行动

无论你的愿望多好，开始总是困难的。最重要的是记住一点：有了孩子后，你的身体发生了巨大的改变。你全身心地滋养体内的宝宝并把他生下来——多大的本领！产后你仍感到精疲力竭，觉得身体和情绪都与从前大不相同。当然，作为母亲，你的生活方式也与从前完全不同。

明智的预防措施

开始锻炼计划前让你的医生检查一下。如果是难产、剖宫产、会阴切开或撕裂，这一点就特别重要。产后检查是与医生讨论的好机会。医生可能把你介绍给专门指导产后运动的理疗师。

开始时集中做医院中教你的骨盆底肌肉运动以帮助复原，然后逐渐提高活动的水平。开始时不要做太多，不痛并不等于没有效果。当然如果你不经常练习，运动时可能感到不适，但不应该疼痛。只要你感到疼痛就立刻停止，疼痛就意味着有问题，顺从你身体的指令。

产后激素保持高水平超过5个月，因此这期间肌肉和韧带仍保持过度伸展状态。这就是为什么锻炼时要注意适度，不要让关节脱出韧带之外，以免受伤。至少6个月内不要长时间伸展、举哑铃、做高冲击力的移动或参加太剧烈的运动。许多新妈妈患有腰背痛，因此随时注意身体姿势很重要，特别是站立时的姿势。产后复原后，你必须坚持增强腹部和腰背力量。你能重获平坦的腹部，但不要太早锻炼你的腹部肌肉。如果你正在哺乳，穿戴全面支撑的胸罩并避免费力的手臂运动。

由于现在大部分人都是惯于久坐的，一般说来锻炼越多越好。但有可能做过头了，特别是你正在匆忙减肥时。如果你生孩子前极为健康，你可能在产后很快恢复做高强度的运动。但是如果你生孩子前没有进行有规律的锻炼，那么现在要逐步开始。

不要过量

锻炼身体后感觉良好，开始看到并感觉到锻炼的效果真是好极了，但不要过量。你不想受伤，毕竟锻炼的目的是让你适应生活，而此刻你的生活受照顾婴儿的限制，不要锻炼过度。

然而大部分妇女的问题不是运动太多，而是找不到足够的时间和空间锻炼，或根本不锻炼。为人之母是难以相信的艰巨工作，需要花太多的时间，你完全有理由认为一天中不可能再挤出活动时间。你的宝宝睡着时，你自己也想睡，还要赶着清洗、整理以及做其他家务活，或者花时间读报、与朋友通电话或只是做白日梦。当然，休息以及和朋友、家人、伴侣在一起与锻炼一样重要。

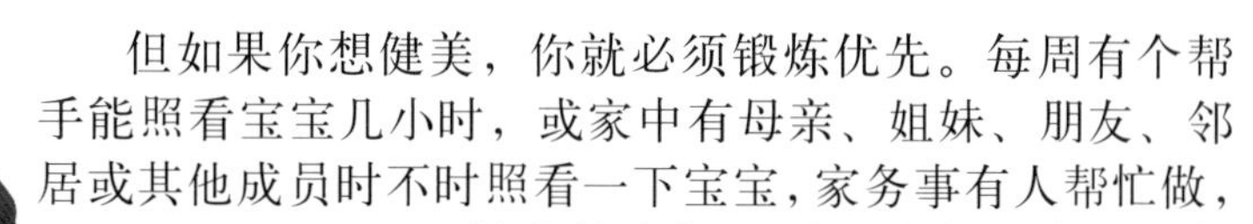

但如果你想健美，你就必须锻炼优先。每周有个帮手能照看宝宝几小时，或家中有母亲、姐妹、朋友、邻居或其他成员时不时照看一下宝宝，家务事有人帮忙做，健身馆有托儿所，或有一个私人教练，这些对你都有帮助。

承诺是关键

你可能根本得不到帮助，但只要你想健美就能做到。你只要对怎样锻炼更有想象力，你会成为时间管理专家：你将学会怎样将整个锻炼时间分散成几个小部分，只要有空时就做；你会把去商店或公园的行程变成一次有氧运动；你会发现带着宝宝多有趣；你会把看电视的时间改为看健身录像带做运动。

只要你想健美就能做到，任何事都有可能。你要做的就是开始行动，接着必须坚持进行。幸运的话，你可能会染上这个嗜好并喜欢它。你可能重新发现以往的技巧，或找到你真正喜欢的事，甚至对新的活动项目相当擅长。但许多人从来没有发展成真正喜欢锻炼，她们只是因为想从中得益而坚持锻炼，让自己外观和感觉最佳，获得能量，她们知道自己正在关心将来的健康。

怎样使用本书

这本书分为六个部分。第一部分阐述影响孕产后身体健康的因素。第二部分着眼于饮食并讨论营养怎样影响健康和健美。锻炼时参考第三、四部分的信息，改善整体健美并帮助你重获良好体型。第五部分论述可能影响怀孕后妇女的特殊医疗问题。在最后一部分中你能找到关于新妈妈进行重要的情绪调整的切实可行的建议。

整体健美

有许多因素影响你产后的整体健美，包括你的年龄、你的脂肪量和你通常的生活方式——你吃什么、睡多久、是否嗜好烟酒以及你有多快乐。另一个将影响你现在体型的主要因素是在你怀孕前和怀孕期中做了多少运动。锻炼计划并不神秘，你所要做的就是增加活动。你可能不相信，但的确你动得越多，就越会感到更加充满力量。当然，开始时运动会使你感到疲劳，因为你的身体还不适应。但随着健康总体水平的提高，你的精力很快会增强。

怀孕后

怀孕和生育使你的身体拉伸，因此你的身体花4—6周时间恢复毫不奇怪。刚刚生育后你的生殖器部位可能会疼痛或不适，特别是如果有缝合或出血。在你的子宫复原的几周中你可能感到强烈的疼痛，哺乳有助于这一恢复过程。你的腹部在几周内还比正常时大，同时你的乳房比从前显著增大并可见到静脉。如果你不哺乳，你的乳房在1周左右将回到原来的大小。

腹部的增大

妊娠过程中腹部的增大显著拉伸腹部肌肉。这些肌肉恢复正常需要几周时间。因此你应该想到，尽管婴儿、胎盘和许多液体已不在你的腹中，产后你的腹部仍会感到相当松弛，你必须接受仍需持续几周的臃肿。

腹部肌肉

迟迟不能重获产前那样平坦的腹部的一个原因，是正常时连接在一起的一对腹部肌肉在怀孕时分开了。产后3—4天，它们开始重新连接在一起。如果吃得健康并有规律地做产后练习，你的腹部肌肉可以很快恢复。有些妇女腹肌和腹部皮肤的恢复较快些。你将发现形体复原最多花6个月到1年时间，如果母乳喂养则恢复得更快。

最初的锻炼

产后早期，不要对你的锻炼要求太高。继续做医院内助产士教的产后练习。最低目标是每天做每组6次的抬臀运动10组（见第92页）或每天做10组运动，每组10次抬臀运动和10次收腹运动（见第76页）。

不要冒险

高水平的激素能使你的肌肉和韧带变柔软，使它们在怀孕时能变形。这些激素恢复正常要花5个月时间，因此在这一时期你的关节仍然容易受伤。

■检查你的关节是否包裹在韧带中——膝关节位于踝关节的正上方——运动时不要让关节脱位。

■不要持续拉伸超过10秒钟。

■避免使用过重负荷。做增强力量运动时循序渐进。

■不要做任何高强度的运动，如跳跃。坚持做温和的有氧运动，如每日散步或游泳。只要无恶露排出（可能需要6周时间），就可以游泳。如果是剖宫产，就必须等待6周后再去游泳。

怀孕后的体型

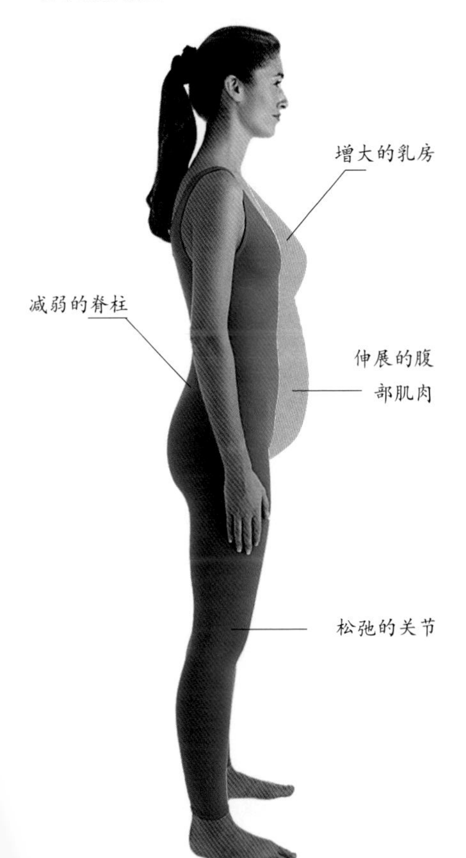

产后1个月

产后的第4周，你应该检查你的腹部肌肉是否已经连接起来（见第74页），如果确信腹肌已连接，你可以逐渐开始安全的仰卧起坐。一旦你能做两组每组10次的仰卧起坐，就可以加倍做并开始做腹肌倾斜的动作。

腰背问题

你的腰背部9个月来一直承受重负，这期间你可能已经患有腰背痛，加上生育过程中腰背部被拉伸和扭曲，因此在产后第1周你的腰背部极易受伤。因此在开始腰背部拉伸运动时始终应注意姿势，而且在站立、提重物、喂养和变换婴儿体位时应特别注意。收腹、提臀并放松肩膀，这些措施也能有助于缓解腰背部疼痛。

1

运动的类型

如果你想在生孩子后改善身体健康，那么可以从三个方面努力：有氧健康，伸展性和肌肉耐力，灵活性。有时被称为3S，即stamina（耐力）、strength（力量）和suppleness（柔韧性）。还有另一方面，即运动技能。运动技能包括敏捷性、协调性、平衡能力、速度和力量。这些技能如果是你所锻炼的，就自然会提高。例如，你开始做单脚站立的一种瑜伽姿势，你的平衡能力就会提高。一旦你迷上某项运动，就会发现需要提高某一方面技能。例如，如果你开始重视跑步，就要提高速度。

提高你的耐力

如果你跑上楼即感到气喘，你就需要改善你的有氧健康。你的有氧健康是指你做某项活动（如跑步）的持续时间，它让你不会喘不过气来。有氧健康还有几个名称：有时称为心肺健康，因为你能持续多长时间靠的是你的心脏、肺和循环系统；有时又被称为耐力或持久力。

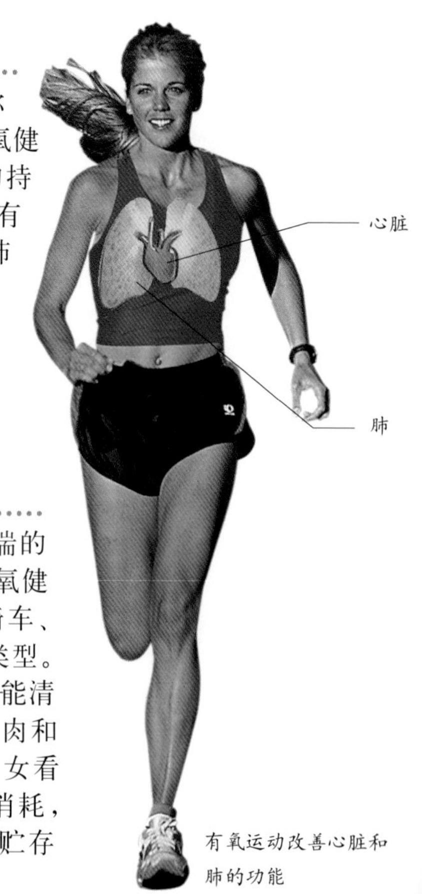

有氧运动改善心脏和肺的功能

有氧运动

通过有氧运动——任何使你气喘的连续性节律性的活动，你能提高有氧健康。散步、慢跑、游泳、跳舞、骑车、脚踏训练和健身操都是有氧运动的类型。这类运动——有时叫做心脏运动——能清洁动脉并降低血压，它还能强壮肌肉和骨骼并让你感觉良好。在多数的妇女看来，最重要的是运动时脂肪开始消耗，因为运动时消耗的能量大部分来自贮存的脂肪。

运动频度和持续时间

你从今以后每周必须做某项有氧运动3—5次，每次至少20分钟，这样才能从有氧运动中最大得益，包括减少体内的脂肪。如果你刚开始运动，这听起来似乎挺吓人的，但是背着小宝宝一起散步，每周3次是不成问题的。假如你喜欢散步，持续时间最好稍长一些，半小时或更长时间，这是因为散步是一种温和的有氧活动方式。如果是更激烈的运动，如跑步，那么20分钟可能就足够了。总之，这不是一个严格的标准，只是一个努力的目标。

可行的目标

如果你从来不锻炼，那么有运动总比不运动好。每周散步一次也比从不散步好。如果你刚开始运动，要从容进行，逐渐达到20分钟。开始时维持每周3次，每次5—10分钟就应该祝贺自己。你可能没有20分钟完整的空闲时间，可以用2—3次10分钟的时间段代替。既然散步不会给肌肉和关节施加压力，你愿意的话，可以多散步，每天一次甚至两次快步走，消耗更多的脂肪，何况只要沐浴在外面新鲜的空气和阳光中，对你自己和孩子就大有好处。

如果你觉得单独外出有困难，和你的宝宝一起散步也是一种有氧运动。

不要冒险

如果你选择一个更剧烈的活动，如健身操或交替训练，那么每周不要超过4次，在两次运动之间休息1天，让肌肉和其他软组织复原。

1

有氧运动的选择

在产后头几周，最好坚持散步。你的关节和脊柱在生孩子后易受伤，散步是最安全的。因为要支撑身体重量，骨骼要承受力量。负重活动使骨骼强健，对妇女很重要（见第48页）。但你必须走快些，使自己气喘（见脉率表，第15页）。一旦你的有氧健康改善而且你的身体恢复正常，你就能开始增加运动强度和力度，这大约需6个月或更长时间。

游泳

游泳是一项低强度的活动，只要恶露干净后，你就能开始（如果是剖宫产则应等6周之后）。游泳使你的手臂、胸部、背部以及腿部肌肉强壮。但你必须游快些，使自己气喘。游泳不是负重练习，不能强壮骨骼。

跳舞

跳舞是一项良好的有氧运动，是增加腰部与髋部柔韧性的极好运动，有助于缓解腰背痛。而且，音乐能振奋精神。但剧烈跳 3 分钟，然后骤然停下休息是无益的。你的目标是持续不断地跳20分钟，只有感到累了才逐渐停下。

骑车

只要你骑快些能使自己气喘，骑车就是良好的有氧运动。快速骑车在城镇可能有危险或较困难。因此可选择在健身馆或家中使用健身用脚踏车。会阴切口愈合后再骑车，否则会疼痛。

交替训练

如果你一直做同一件事就会厌烦，而且可能放弃锻炼，因此要有所变化，这就是交替训练，它以不同方式挑战你的身体。在一个设备齐全的健身馆，你能在不同的器械上各做5分钟的交替训练，提供一种多样化的运动和一系列的肌肉负重训练。

高强度和低强度的有氧运动

有氧运动分为两类：高强度的和低强度的。高强度的运动给身体施加更大的压力。对刚开始执行锻炼计划的那些人最好从低强度的有氧运动开始。

低强度运动

■水中的有氧运动。对关节最安全但不能强壮骨骼。

■踏步运动。保持低幅度的踏步，在踏步时不要跳跃。

■低强度的有氧运动。一只脚始终不离地。

■简单的转圈练习。告诉老师你刚生孩子。

■弹跳。在一个小型蹦蹦床或电动弹跳板上跳跃。

■有力的步行。一种积极的步行方式，摆动臀部并上下摆动你的手臂。

高强度运动

■有氧锻炼课程。

■跑步。尽可能长地慢跑，散步休息然后再接着跑。

■跳跃。在每一回合运动之间进行。

脉率

为了消耗脂肪并获得最佳的心肺状态，你必须以一种特定的强度运动——不要太低也不要太高。为了查明你是否正以适当的强度运动，在运动后两三分钟检测脉搏10秒并将其保持在你的年龄相应的范围内。你会发现在开始的两三个月中你的有氧健康进步最大。当你发现练习变得较容易时，你必须增加强度以保证机体在适当的训练范围内运动。一个月后和两个月后分别再测脉搏。

年龄	10秒钟脉搏次数
16—17	19—31
18—19	19—30
20—23	18—30
24—30	18—29
31—37	17—28
38—40	17—27

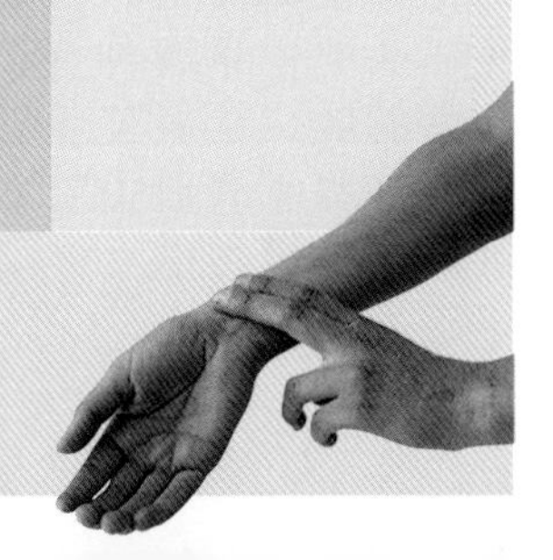

1

强壮身体

许多妇女从不锻炼她们的肌肉，因为她们害怕身体会太健壮，肌肉会隆起。实际上，男人强化训练后肌肉会隆起，妇女却不会，因为她们没有足够的雄激素——睾酮。其实强壮肌肉会使你的身体更苗条、更结实、更有线条。这是因为肌肉是活动的——它产生能量——你的能量越多，你的基础代谢率越高，这样你在看电视时消耗的脂肪就越多。随着年龄的增加，人逐渐肥胖的一个原因是肌肉萎缩。从30—70岁，你的肌肉减少20%，因此你的代谢率减慢并贮存更多脂肪。

强壮的肌肉 强壮的骨骼

肌肉让身体能移动。身体移动越灵活，发生事故的危险越小。强壮的有弹性的肌肉包裹着骨骼和关节，起保护作用。强壮肌肉同时也强健了骨骼，一旦你跌倒了，发生骨折的可能性也减少。而且，强壮的肌肉可以保持良好的姿势。腰背部肌肉薄弱或腹肌松弛，腰背不挺，那么产后腰背疼痛就会加剧。

重力牵引作用

你步行或跑步时，有氧运动有助于强壮腿部肌肉。但为了使肌肉强壮，你必须锻炼身体的各个部位对抗身体重量（地面练习）或抵抗附加的重量（健身馆中活动或固定的阻力器械）产生的阻力。

成对肌肉锻炼

同背部和腹部肌肉一样，全身的肌肉要成对地工作。例如手臂，后面的肱三头肌使手臂伸直，而前面的肱二头肌使手臂弯曲。增强手臂肌肉就必须锻炼两组肌肉使之保持平衡。

为了有效地强壮肌肉，你必须锻炼作用相反的成对肌肉。使用哑铃增加阻力以加强力量

增强运动

增强运动——有时称为无氧运动——由使肌肉疲劳的重复动作组成。肌肉恢复时会变得更强壮并能运动得更久。无氧运动类型包括：

■地面练习，如腹部练习。

■举活动器械。

■拉力器练习（拉力器可从体育用品商店购买）。

■健身馆中固定的阻力器械。

■瑜伽，持续一段时间后能以不同方式强壮肌肉（见第21页）。

运动和休息

增强运动主要消耗体内储存的碳水化合物（糖原）。休息几天，大量进食碳水化合物，糖原又储存充足（见第42页）。做增强运动时你不得不经常休息，这是因为乳酸堆积造成肌肉疲劳，而乳酸消散需要时间。

1

怎样做增强运动

要成功地强壮身体，你必须活动身体的每一部分——腿部、手臂、胸部、背部、腹部和臀部。目标是每周活动每组肌肉2—3次，每次锻炼之间至少间隔一天让肌肉复原。一旦你使用哑铃，那就留两天复原时间。腹部和骨盆底肌肉锻炼可以每天做。一次锻炼可持续约45分钟。这是一个目标，而不是一成不变的标准。如果你以前从未做过，每周只锻炼一组肌肉，也可以缓慢地增强某些肌肉。但目标是每周2—3次。你既可以在有氧运动之后做，也可以在有氧运动期间的某一天做，如果你没有时间一次做完全身运动，那么一天做上半身运动，另一天做下半身运动。

如何努力

刚开始时，使用较轻的重量，一组重复15—20次，先做一组，然后做两组。这类运动增强你肌肉的耐力——例如你划船时，肌肉能持续工作多长时间。一旦你建立起基本的肌肉耐力，此时至少已是产后 3 个月，你可以开始逐渐增加重量但减少重复次数。大约在头3周，你会发现在改善运动技巧方面有明显进步，但要4—6周才能看见力量的真正增长。

使用哑铃

就增强力量的锻炼而言，哑铃的重量必须使肌肉在一套8—10次的练习后感到疲劳。一旦你的肌肉适应，喘一口气再做一次，一旦你能举15—20次，就可以增加重量同时减少次数。

不必立即买一套哑铃。你可以用临时准备的重物如装水的瓶子开始你的增强运动

举重的安全

保护腰背部很重要，特别是从地面上抓起哑铃或任何重物时。抬起重物或放下时，始终保持膝部弯曲并使膝部在踝关节正上方。臀部后翘，背部伸平并且拉长颈部可以做到这一点。不要从腰部上方弯曲，也不要保持腿部笔直。

安全的姿势

你将要开始增强力量的运动时，保证你站立姿势正确。足部分开，与臀同宽，趾尖向前或稍向外，膝部柔软（稍弯曲），骨盆倾斜向前（并将骨盆底部肌肉抬起，见第92页），平躺、收腹、挺胸、舒展肩膀并向前直视。

警告

在你的身体完全从生孩子的状态恢复之前不要举重物。记住产后5个月以内关节易损伤。逐渐开始，轻重量的锻炼至少持续两个月；如果你接受剖宫产，可能要3个月。

宜与忌

宜

■试着在一面镜子前完成练习，这样你能保持安全的姿势并改善动作。

■不要让关节脱出韧带之外，肩膀和腰部伸直并且保持膝关节在踝关节的正上方。

■举起哑铃时呼气，放下时吸气。

■抬起时数三下，放下时数四下。

■试着感觉肌肉正在运动，并且紧紧地挤压它。

■确定你做的是全套动作。

忌

■不要摆动重物或让冲力控制，保证所有动作能控制得住。

■伸直肢体时不要紧绷肘关节和膝关节。保持关节放松。

1

柔韧性

柔韧性是许多人易忽视的健康的一个重要方面，因为人们没看见它的价值所在。但柔韧性，或称为柔软性，从长远来说有难以置信的重要性。老年人开始变得僵硬，他们甚至不能弯腰触及鞋子。柔韧性对保持运动的自如是至关重要的。柔韧性好的人体态优雅。产后几个月是锻炼你的柔韧性的理想时间，因为怀孕时激素改变的结果使关节活动度自然增加，你就能从中得益。但仍应该注意预防受伤。

提高柔韧性

伸展运动即拉伸和松弛肌肉，使你的关节、肌腱、肌肉和韧带做最大范围的运动，以增加柔韧性。总的说来，女人比男人柔韧性好。

你伸展肌肉，松弛及拉伸肌肉的同时，它们会变得更有弹性。锻炼前伸展肌肉，有助于它们以后的恢复并增加运动的幅度，例如你能在有氧健身课中将膝部抬得更高，因此你能做得更努力且更有效。

瑜伽

如果你的确想改善你的柔韧性，那么值得参加瑜伽课程。课堂上会示范特别的姿势，并学习在保持这些姿势时怎样呼吸。瑜伽可以放松并使全身呈流线型，增加力量、柔韧性并改善姿势，缓解紧张并有镇静作用。

从伸展中获益最多的肌肉

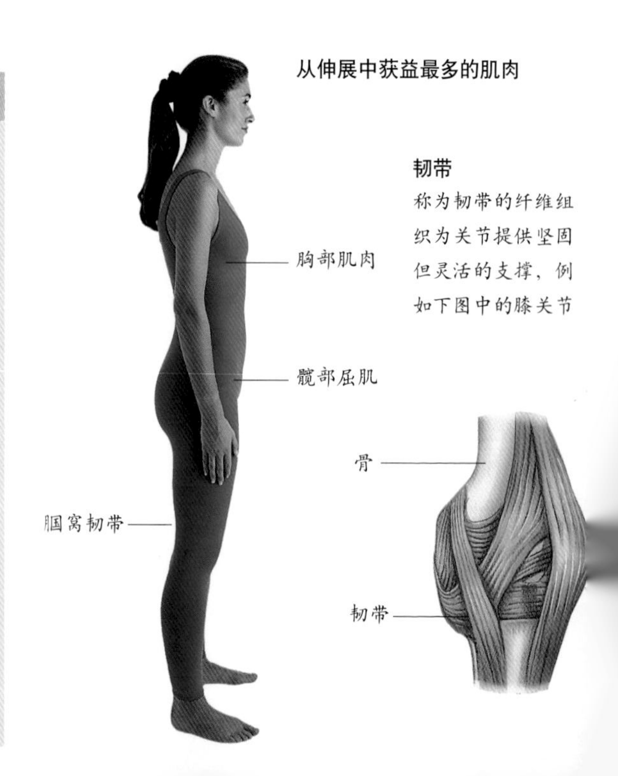

韧带

称为韧带的纤维组织为关节提供坚固但灵活的支撑，例如下图中的膝关节

伸展的技巧

■热身后伸展并且要穿着衣服。

■平缓地深呼吸。

■伸展时尽量放松肌肉。

■伸展到一定程度，不要过分。

■肌肉中间感到紧张而不是两端。

■当紧张缓解后进一步伸展。

易受伤的关节

在大约产后6个月身体复原前，不要持续伸展超过10秒。

肌肉绷紧的危险

大多数时间坐着的人，他们腿的后部（腘绳肌腱）、髋的前部（髋部屈肌）和胸部（胸肌）的肌肉是紧绷的。绷紧的肌肉比放松的、伸展的肌肉更易受伤。这就是为什么在任何类型运动的前后伸展所有主要的肌肉群是很重要的。

运动前后的伸展动作

伸展运动应该在热身之后进行。每个伸展动作不应超过6—8秒。运动之后，肌肉有不同程度的收缩，伸展并放松它们，让肌肉更快地恢复并可能减少运动后两天的酸痛感。如果你打算锻炼柔韧性，这正是时候，热身后可增加伸展性。

让伸展的部位放松，持续伸展直到你感到肌肉紧张。如果肌肉颤抖或者疼痛就是运动过头了。当你伸展不费力并且感觉舒适时可以进一步伸展，坚持半分钟（伸展运动至少应该在产后3个月进行）。

最好应该每天做伸展运动。但是你不必太正规，让伸展动作成为你每天早上起床或从坐位起立时的习惯。在桌旁、床上或看电视时，只要可能就拉伸一下。产后拉伸背部特别重要，可以使驼背和腰痛等出现的可能性降至最低。

1

乳房和运动

许多妇女对产后的乳房形状不满意。她们也担心运动使乳房上下抖动而导致乳房下垂。然而，运动能帮助你达到你想获得的最佳状态。

乳房的结构

乳房是由包埋在纤维组织和脂肪中的分泌乳汁的腺体构成的。每个人有不同的脂肪量和乳腺组织，这就是妇女乳房形状不同的原因。乳腺由15—25个乳腺小叶组成，被脂肪包绕，脂肪使乳房突起，乳房组织由胸壁至皮肤间的韧带支撑。

怀孕期间的变化

生育年龄期的每一个月，卵巢排卵时乳房就会胀大。如果卵子受精，雌激素水平升高，那么乳房的血液和淋巴供应为原来的1.5倍，乳腺组织增加且脂肪贮备增加。到婴儿出生时，乳房大小是平常的两倍。哺乳期间，乳房维持在增长的状态，可是一旦孩子断奶，乳腺组织就缩小，乳房回复到原来的大小。生孩子后乳房会比从前下垂些，这是因为在怀孕期间支撑的韧带被拉伸；韧带之所以被拉伸，一是因为高水平的雌激素，二是因为乳房的重量增加，而韧带收缩的能力有限，皮肤不能弹回原来的形状。

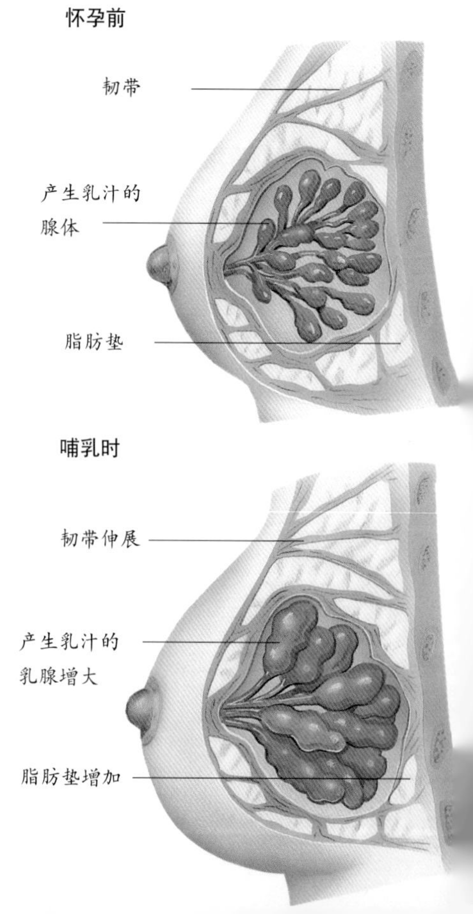

如果你正在哺乳

■尽量在锻炼前哺乳。

■戴合适的健身胸罩（可以戴两个，如下），不要戴哺乳胸罩。

■大量喝水防止脱水。

■避免过度剧烈的手臂运动。

■运动太剧烈可能会影响乳汁的味道。

■使用乳房垫吸收外溢的乳汁。

改善乳房的外观

除了做整形手术，你不能改变乳房的形状。因为乳房不是由肌肉组成的，锻炼不能改变它们的形状或大小，但增强胸肌，即横跨胸部的肌肉（见第62—65页），可以从里层给予乳房尽可能好的支撑。提高背部、肩部和腹部的力量和柔韧性也会帮助你保持挺直的姿势。这样让你的乳房挺起，预防乳房进一步的下垂。

通过购买支撑效果良好的胸罩可以塑形并使轮廓清晰，这一点在哺乳时特别重要。你运动时穿戴好的胸罩也是必不可少的。

锻炼用的胸罩

健身胸罩与普通胸罩不同。健身胸罩不是让乳房从胸部挺起，而是让乳房紧贴胸部，使其活动最小化。

你在做会使乳房跳动的运动时，尽量戴你的乳房能挤进去的最小尺寸的胸罩。如果你乳房较大，就戴两个胸罩，一个外面再戴一个，甚至还可以在外面加一件紧身T恤衫。你将乳房绑得越紧贴胸部，你就会越舒服。如果你的乳头敏感，将橡皮膏盖在乳头上或戴乳头护罩。

1

睡眠和健康

对于母亲来说，适应宝宝的睡眠方式是最困难却又不可避免的一件事情。正常的睡眠规律发生了变化，很容易让你觉得筋疲力尽，除非你能做到宝宝睡觉时自己也睡。一个晚上睡不好并不会影响你的有氧锻炼，机体能够很好地自我调整。清醒时保持放松的状态也能让肌肉和其他器官得到休息。但是你的头脑仍没有得到休息，因为除非你真正入睡，否则头脑仍处于紧张的状态。就像一台电脑，如果你没有把它关掉，它就处于一种待命的状态。

睡眠不足如何影响你

一定限度的睡眠不足并不会引起生理或精神上的疾病。睡眠不足使你觉得疲劳、易激怒、消沉及效率低下。不幸的是，你无法跟你的宝宝解释为什么爱发脾气。你的丈夫也会出现睡眠不足，这样你们两个就更容易激怒对方。而且白天昏昏欲睡也是很危险的，在路上或家中可能发生意外。

基本的睡眠

对成年人来说，睡眠的头几个小时是非常重要的，即睡得深、不做梦的阶段。深睡眠主要出现在前半夜，此时机体释放出大部分有助于复元的激素。REM（快速动眼）相睡眠是调节心理健康必不可少的，做梦多在此期。浅睡眠的最后几个小时并不是很关键——但是对于保持良好的状态是很重要的。

睡眠的时相

睡眠可以分为两种，即REM相睡眠和无REM相睡眠。无REM相睡眠有四个阶段，第一阶段和第二阶段属于浅睡眠阶段，第三阶段和第四阶段属于深睡眠阶段。大多数睡眠出现在睡觉的头三个小时。

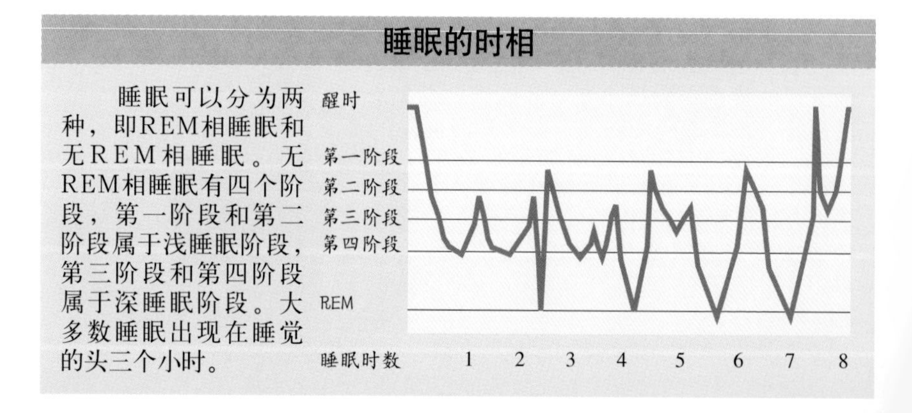

睡眠模式

成人睡眠呈周期性出现，每一周期大约持续90分钟，即亚昼夜节律模式。但是小宝宝的睡眠周期大约持续50分钟，而且三四个周期后就可能醒来——一个晚上会醒来两三次——需要喂食。小宝宝清醒了以后就很难再重新入睡。

新生儿平均24小时要睡18个小时，大约两个小时要醒来一次。大约6个月时，大多数宝宝要睡14个小时，除了晚上睡觉外，白天还要睡两次。这个月龄的宝宝，有些能睡一整夜，有些则不然。每个宝宝都不一样，都有自己的睡眠方式。

你需要多少睡眠

睡眠的多少决定了你第二天的状态。如果你的状态很好而且心情也很愉快，就说明你的睡眠已经足够了。如果你还很想睡，那就是睡不够。睡觉是一个习惯。人类习惯了一天要睡两次——一般来说，居住在较热的地方的人都要午休。每天晚上你需要多少睡眠时间与你的习惯有关，从4小时到11小时不等。如果你得不到正常的睡眠时间，你就会觉得消沉。作为母亲，你首先要调整自己，以适应被中断的睡眠。

刚开始时，你可能会觉得特别累，但是你很快就会发现疲劳缓解，精力又恢复了，因为你的身体已能适应宝宝的习惯，在睡眠时间比分娩前少的情况下也能很好地工作。最终你的机体能够自动调节得到足够的深睡眠和REM睡眠，这部分睡眠对健康来说是最基本的。机体只要学会重新分配浅睡眠，锻炼也能帮你对付疲劳，增加你的精力。

初为母亲最重要的就是要尽可能适应宝宝的习惯，而且宝宝睡着时要尽可能抓住机会小憩一会儿

1

如何获得更充足的睡眠

如果宝宝就睡在你身旁，你可能会觉得晚上喂奶很容易。有些父母和宝宝一起睡时很不放心，担心会把宝宝压着。但是以往的经验说明这样睡很好，实际上降低了婴儿猝死的可能性，而且哺乳后你也很容易重新入睡。宝宝在任何地方都能睡着，但是单独睡可能会不安，因此前几个月最好要让宝宝和你一块睡，或是睡在你床边上的婴儿床或摇篮里。如果运气好的话，夜间你的宝宝很快就可以少吃一餐，一个晚上睡5—6个小时，这样你就可以多睡一会儿。然而每一次建立了可靠的睡眠模式后，可能又会被宝宝的迅速生长期打乱，此时宝宝需要更频繁的哺乳。

就寝时间习惯

最好要养成一个就寝时间的习惯——洗澡、喝牛奶、刷牙、抱宝宝以及给宝宝唱催眠曲——即使宝宝还很小。你不能因为自己的习惯指望宝宝第一个晚上就配合你，第二个晚上就能在6点入睡。而且宝宝醒来时你应该迅速反应，宝宝就不会因为孤立无援而不安，这样宝宝就越容易喂奶，也就越容易入睡。

有时你丈夫抱着烦躁的宝宝反而更容易入睡，你丈夫可能没你那么疲劳和紧张

让人舒心的声音

在母亲的子宫里，宝宝就听着母体中的各种声音长大。有时父母对哭闹的宝宝束手无策时，可以考虑晚上驾车让宝宝睡觉——发动机的声音似乎有魔力。宝宝可能在有声音的情况下更容易入睡。你也可以唱催眠曲帮助宝宝入睡，或是把一些令人舒心的声音，比如波浪声、洗衣机或车子的声音录下来，放给宝宝听。

1

补足睡眠

要想得到充分的睡眠，最好的办法就是与宝宝的睡眠节律相适应，这样宝宝睡着时你也睡，至少能休息一下。白天的小憩也会让你的感觉大不一样。要优先考虑休息——这是很宝贵的，最好摘掉电话，这样除了宝宝外，就没有人会打扰你。记住下面这些金科玉律：

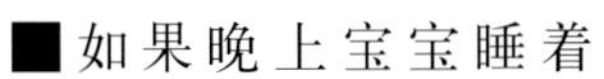

■如果晚上宝宝睡着了，你最好不要利用这些时间做事情，也应该早点睡觉。
■不要因为日常的杂事如洗衣和做卫生等而耽误了睡眠。
■设法降低自己的标准，接受暂时的嘈杂混乱现象。
■不要每一件事情都自己做，接受能够得到的任何帮助。

轮流休息

如果你的丈夫因为缺少睡眠而耽误了工作，你可以让他单独睡几个晚上，能够补足睡眠。但是也要让他照顾宝宝一个晚上，这样你也能弥补一下睡眠。他的支持是很关键的。如果你经常一个人晚上照顾宝宝，你很快就会觉得自己快发疯了。

如果你很难入睡

■洗个热水澡。体温升高会让你想睡。

■不要太迟吃饭——这样会影响你的睡眠。

■不要饥饿时去睡觉——低血糖也会影响睡眠。

■停止喝茶、咖啡、酒和吸烟（或是在下午3点后停用）。

■喝一些能让人舒心的草药茶，如菊花茶和薄荷等。临睡前服用一种含有缬草的茶，这是一种天然的镇静剂。

■牛奶类饮料和饼干能减少烦躁。

■睡前要让自己放松。如果你的思维活跃或很兴奋，就无法入睡。

■锻炼有助于你入睡，但是最好不要到临睡前才锻炼。

宝宝怎么办

想找一些空余的时间锻炼似乎是不可能的。显然，如果你能让宝宝与你丈夫一起呆在家里，或是你有幸让保姆或母亲帮你照顾宝宝，这样你就可以更容易去散步、跑步或去上健身课。尽可能利用别人帮你照顾宝宝的机会。

利用时间

许多人为了适应日常生活的需要不得不调整自己的锻炼计划。对多数人来说，这就意味着白天要与宝宝呆在一起锻炼，晚上要与丈夫呆在一起锻炼。进行有氧锻炼最简单的方法就是在白天带着宝宝出去进行快速的散步。

带着宝宝锻炼

把宝宝背在背上或是放在婴儿车上，绕着附近的公园散步，或步行去商店，或到朋友家去喝咖啡。如果天气很好，而且没有其他的小孩要照顾，这样锻炼就很不错。而且，如果你的身体状况不错的话，还可以带着宝宝推着三轮婴儿车跑步锻炼。但是普通的折叠式婴儿车比较笨重，也不够稳定，因此要特别小心。如果你热衷于跑步锻炼，而且也能胜任，就可以考虑买一辆特制的婴儿车，可以让你推着车慢跑。

慢跑用的婴儿车比较稳定和灵活，可以让你推着跑

1

一起呆在家里

如果你不能出去锻炼，就要找一种可以在家里锻炼的方法，这样宝宝也可以安全地呆在同一个房间的游戏围栏或高脚椅子或汽车坐垫上。在房间里可以放些锻炼的录像，跟着感兴趣的音乐跳舞或进行有氧锻炼。根据你自己的步伐在室内放一个牢固的柳条箱或沉重的箱子用于跳跃，可以在地板上找一个宽敞的空间锻炼，或是在花园里锻炼。也可以买一个弹簧垫（一种微型的弹簧床，并不是很贵），这样就可以在电视前锻炼弹跳。过不了多久，你的宝宝也会在弹簧垫上跳跃。

把宝宝放在游戏围栏中，这样你在锻炼时可以让宝宝看着你

积极参加锻炼

如果你花心思，就可能找到既能照看宝宝又能锻炼的方式。你的宝宝看见你锻炼时就会手舞足蹈，并对各种有趣的动作发笑。如果你要做强壮肌肉锻炼，还可以把宝宝当作重物放在肩上。此外，你也可以选择宝宝睡着的时候锻炼——但是如果你更需要打盹就不要锻炼了。如果当地健身馆周围有个托儿所就更幸运了。你还可以和其他想锻炼的母亲轮流照顾宝宝。

晚上锻炼

增强运动较容易养成一个习惯，因为这类锻炼较安静也很少干扰别人。如果你有精力的话，增强运动的最佳时间是在晚上宝宝睡着的时候。你可以跟着音乐或在电视前锻炼，而不会影响别人，同时你还可以与丈夫聊天。如果你丈夫也想改善自己的健康状况，还可以鼓励他一起锻炼。你也可以在晚上的时候进行有氧锻炼——但是最好不要独自在黑暗的地方散步或跑步。

周末

周末是家庭团聚的重要时间。因此可以一起进行有氧锻炼——出去散步，或是与丈夫一起抱着宝宝，或是推着婴儿车出去。

1

运动的服装

锻炼的时候，你一定希望十分舒适，因此你要穿运动衣和鞋子。但是你也不一定要花钱购买那些能够塑型的合成弹力纤维或高技术制作的软运动鞋。如果你刚生完宝宝，就不要穿紧身上衣，也不要扎皮带。你可以穿长的、宽松的T恤衫和紧身裤，或T恤衫和短裤。这样的服装适合游泳以外的各种有氧锻炼。确保腰带足够宽——锻炼时没有什么比受到束缚更难受的了。

你需要些什么

进行有氧锻炼会让你出一身的汗，因此锻炼所穿的衣服要经常清洗。你至少需要两套衣服，这样才能够换洗。如果你的皮肤不好，应穿全棉制品，同合成布料比起来，棉布更不容易吸收汗味。质量好的运动衫穿起来的确舒适，但商标并不重要。锻炼的时候，如果你穿着自己喜欢的衣服也会提高自信心；只要不会约束你的运动，旧衣服也很好。运动袜要比平常的袜子厚一些也柔软些，这样就不会影响你散步、跑步或是参加健身课程。买几双袜子让脚舒服些。你可能也需要下面这些东西：

■扎头发的带子。

■在户外或是健身馆锻炼时需要一个袋子装钱或钥匙。

■一个背包。

■在户外活动时需要轻便的防紫外线太阳镜和防晒剂。还可以买不会被汗水冲洗掉的运动型护肤霜。

■不要忘记戴上健身胸罩（见第23页），如果你还在哺乳的话，还可以戴上乳头护罩和护垫。

保暖

如果在户外，冬天你需要厚的运动衫和跑步用裤或田径服，戴手套和能盖住耳朵的毛料帽子或头巾。常常还要多带一件外套，在锻炼后、伸展运动之前可以先穿上，因为身体冷却很快。

在水中

如果你游泳或在水中进行有氧锻炼，就需要一件合适的运动装、浴巾和背包。你还需要一个盥洗用具袋用来装些洗发水、沐浴露、脸部和身体的保湿剂以及化妆品。如果你不想让你的头发接触漂白粉（氯），你还得备一个帽子。要保持头发干燥，最好用老式的有一根带子套在下巴的帽子。

如果漂白粉（氯）使你的眼睛疼痛，你还需要一个护目镜。买护目镜有技巧，因为通常情况下你不可能试戴，单单戴起来合适并不能满足所有的需要。越是可调节的眼镜越是不能防水。戴得越紧，效果越好——当你脱下的时候在眼睛的周围留下猫头鹰似的眼圈就越明显。

鞋子

你散步、跑步或是参加健身课程时，应该有一双合适的鞋子。为了锻炼你可以花点钱买一双新式的运动专用鞋。而且为了保护你的脚，记住买一双适合你欲锻炼项目的鞋子。如果你出去买鞋子时还不能确定将进行什么样的锻炼，就买一双多用运动鞋，可以适用于多种运动。不必考虑鞋底，只要保证脚发热肿胀时鞋子有足够的空间，穿起来觉得有安全感就行了。高冲击力的运动也可以考虑买鞋垫特殊的，它们能够减轻震动。如果你的脚舒适，你就会更喜欢锻炼了。要记住的是鞋子并不能永远穿下去，最终都需要更换的——旧鞋子会损伤脚。

器械

严格地说，你并不需要买下列的任何东西。没有这些东西你照样可以很好地健身，必要的时候可以临时准备一下。但是有些人认为花钱买这些设备有助于保持继续锻炼的决心。有合适的设备是令人愉快的事，但你真正需要从商店买的东西是一对哑铃——你可以用几个罐头、几瓶水或几袋糖来代替——和一个宝宝的背带——你可以用一条结实的带子来代替。

适用的运动器械

一家好的运动商店都会卖下面这些东西：

■垫板——地面锻炼和伸展运动时用。

■哑铃——用来锻炼上半身的肌力（确保哑铃不重，可以做15—20次肱三头肌伸展运动，详见第18—19页）。

■绑在腿上的沙袋——用来锻炼下半身的肌力（再次强调不能太重）。

■弹力绳——用来锻炼手臂和腿部的肌力（要从最轻的张力开始锻炼）。

■跳绳——一个简单的拳击手用来锻炼耐力的有氧锻炼工具。

■家庭锻炼录像带——当你不能离开宝宝去健身馆锻炼时就可以用上，或是下雨时，或者你不想出去锻炼时都可以用（买些适合你的能力，进行有氧锻炼或肌力锻炼可以用的）。

■腹部锻炼的机器——一个在你进行腹部锻炼时能够支撑你的框架。

■弹簧垫——低冲击力的、用于家中进行有氧锻炼的微型弹簧床。

■家中适用的心功能锻炼的各种机器——自行车、划船机、踏步机、滑雪车。

■宝宝推车——一种特制的、用来和宝宝一起跑步的手推车。

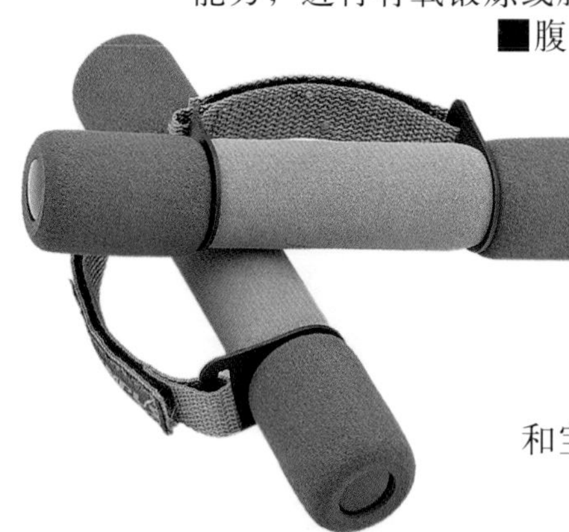

饮食

刚生完孩子时，你的饮食尤其重要。你需要重新补充一些在怀孕期间消耗的营养素，而且，如果你正在哺乳，将需要健康的饮食，以满足你宝宝的需求。尽量坚持吃美味的、富有营养的、有益健康的食物，如地中海附近居民的饮食。

如果多吃蔬菜、水果、色拉、豆类、鱼、坚果和种子，以全麦面包、米或面食为主食，你就会更加苗条、健康、充满活力并且能延长寿命。多数人吃了太多的脂肪、糖、盐和各种添加剂。摄入高脂饮食加上久坐的生活方式是越来越多的人超重的原因，也是造成许多致命性疾病如心脏病、脑卒中、糖尿病和一些癌症高发的原因。

孕期营养

宝宝在你的体内生长时，他或她完全要依赖你获得营养。如果你在分娩后觉得虚弱，可能是由于怀孕消耗了你维持能量和健康所必需的某些微量营养素。

铁

一个生长中的胎儿需要充足的铁以建立他自身的重要矿物质的贮备。你可能在孕期没有额外补充，因为无月经来潮，帮助你保存了铁。但是，如果你在分娩时失血，就有发生产后贫血的危险（见第46页），这会使你感到特别疲劳。补充铁可能使你有所好转。要确保你也补充了充足的维生素C，它可以增加铁的吸收。

维生素B的重要性

当你怀孕时——甚至在你怀孕之前——大概就要补充叶酸。怀孕增加了你对所有B族维生素的需求。而叶酸是最重要的，因为缺乏叶酸的妇女很有可能怀上脊柱裂的胎儿。在你体内生长的胎儿需要大量叶酸，因此在孕期缺乏叶酸是相当常见的。低水平的叶酸与心脏病和肠癌的发生有关。富含叶酸的天然来源是肝脏、肾脏、蛋类、豆类、绿色蔬菜、鳄梨、甜菜根、橙汁和香蕉。你也可能缺乏其他三种维生素B——硫胺素（B_1）、核黄素（B_2）和烟酸（B_3）——它们对于释放食物中的能量有重要作用。B族维生素是水溶性的，因此你无法贮藏。你必须定期摄入。酵母提取物富含这三种维生素B。其他来源包括奶、肝脏、鱼、全麦面包和谷类、绿色蔬菜、坚果和豆类。也可口服一段时间复合维生素B，其中含维生素B_1、B_2、B_3和B_6。

其他重要矿物质

矿物质	在体内的作用	天然来源
镁	镁是体内最丰富的矿物质之一，而且食物中含量丰富。但我们吸收的镁还不及摄入的一半，孕期的需求特别高。胎儿体重轻与吸收量少有关。分娩之后，对镁的需求可能仍很高。补充镁用于治疗经前紧张和疲劳。轻度的缺镁十分常见	富含镁的天然来源包括大多数种子、巴西坚果、杏仁、燕麦、绿豆和全麦面包
钙	正在成长的胎儿对钙有大量的需求，尤其在最后3个月骨骼生长时。骨软化、龋齿与缺钙有关，骨质疏松也可能与缺钙有关（见第48页）。充分地摄入是很重要的，尤其在哺乳期	富含钙的天然来源包括奶和乳酪、绿色蔬菜、黑芝麻、面粉和干无花果 太多的钙会干扰你对镁的吸收
锌	充足的锌对于免疫系统、创伤修复是很重要的，是防治脱发、皮肤病和疲劳所必需的。已发现轻度缺锌与抑郁、性欲低下和饮食失常有关。锌的低摄入在典型西式饮食的人中很常见，而且在孕期需要量大。已知缺锌对怀孕的动物有害，而且与流产有关	富含锌的食物包括牡蛎、麦芽、坚果和种子。如果你补充锌，不要服用太多 过剩的锌有毒，会干扰铜、铁和钙的吸收
磷	怀孕会降低磷的水平	富含磷的来源包括坚果和种子

良好营养的目标

许多人每天吃的汉堡包、薯条、油炸土豆片、饼干和糖果，都是些充满脂肪、糖、盐、调味料、增色剂和防腐剂的食物。这些食物不仅仅使你变胖，也会使人过早死亡。心脏病在西方是男性和女性的头号杀手，它与食物有很大关系。许多癌也与饮食有关——至少三分之一死于癌症的患者与不良饮食有关。

2

以素食为基础的饮食

医生建议每天至少吃5份水果和蔬菜——像地中海居民一样，他们的饮食不以肉类或奶制品为主。吃大量的素食，包括色拉、豆类、坚果和种子，以及尽可能多的水果和蔬菜，会为你增加抗氧化维生素、类黄酮和植物性化合物（据说其可预防乳腺癌）的摄入。

健康和富有能量的饮食

多吃水果和蔬菜对你的健康至关重要——素食者心脏病和某些癌的发病率都很低。人类的这种饮食习惯对于地球的健康也很重要。肉类生产很昂贵。而且，由于富含脂肪的鱼可以防止心脏病，如果我们过度捕捞，资源贮备很快就会耗竭。选择少肉的地中海饮食，你的营养状况会得到改善，使自己长期健康。大量的面食、米、小扁豆和菜豆会使你的食欲得到满足——这些食物缓慢释放能量，因此你不会感到刚吃不久就饿了。这样可以让你少吃多脂食物有助于你减轻体重。

地中海饮食的健康之处

- ■降低血压。
- ■预防糖尿病。
- ■预防肥胖。
- ■减少脑卒中的危险。
- ■预防某些癌。

肥胖的危险

许多年来，医生都敦促人们少吃脂肪。但是尽管已经出现低脂的替代品，很少有人真正削减脂肪的摄入。大多数人仍然摄入太多的脂肪。当你进餐时，脂肪进入你的血流，循环几小时直到被肝脏清除。你血脂水平升高的时间越长，你的动脉越有可能被脂肪堆积物所阻塞——称为动脉粥样硬化。动脉粥样硬化本身有发生心脏病的危险，而且会引起高血压——心脏病的另一危险因素。如果你不进行任何“燃烧”脂肪（需氧）的运动，血液中的脂肪水平也可能增高。

有益健康的脂肪

选择橄榄油会改善你的胆固醇水平。这是因为橄榄油会降低可形成动脉粥样硬化的胆固醇水平，而维持有益的胆固醇水平，后者能降低血脂。而且橄榄油越新鲜，它的抗氧化维生素和类黄酮含量就越丰富。抗氧化剂可清除人类新陈代谢中有害副产品——自由基，这些自由基与心脏病、癌和衰老有关。维生素C、E和β胡萝卜素以及矿物质硒都是抗氧化剂。

降低全脂肪

当然，地中海的人也有肥胖的，因此橄榄油也要有节制地摄入。这是因为少量摄入对你有好处不等于大量摄入更好。而且如果你想减肥，你就不得不减少脂肪的总摄入。要避免的主要脂肪是饱和的动物脂肪（存在于牛羊肉、乳酪、奶油和牛奶中）以及氢化（固化）植物油（存在于加工的食物如馅饼、饼干、蛋糕、油炸土豆片和糖果中）。

脂肪的摄入

你摄入的脂肪应占摄入总热量的25%—35%。其中，饱和的动物脂肪（肉类脂肪和奶制品）不应超过10%，多不饱和植物油或鱼油占7%。剩余的来自单不饱和脂肪（如橄榄油）。

哺乳和饮食

在孕期，多数妇女贮存了额外的脂肪，约2—4千克，为母乳喂养做准备。当你哺乳时，你的能量需要和食欲会显著增加。母乳是高能量的食物，在你哺乳的头4—6个月中，你需要额外的食物帮助你产生平均每天750毫升的乳汁——每天要多摄入1900—2300千焦的能量。如果你吃得不够，你会感到疲惫，产奶就会减少。你也需要富有营养的饮食，才能产生含有宝宝需要的营养素的乳汁。

乳汁的贮备

你产生的奶量部分受到饮食的影响，但更多受宝宝喂奶次数的影响。频繁的哺乳会刺激母乳的产生。你可以通过宝宝增加的体重得知他已经喝了足够多的奶。到6个月大，母乳不再是惟一的食物，多数宝宝要添加辅食时，体重应比出生时加倍。

注意

母乳过敏是很罕见的，但你所吃的东西可能进入你的奶中，并引起宝宝过敏。最常引起宝宝过敏的食物是牛奶、小麦、蛋类和巧克力。

母乳是最好的

对比研究母乳喂养和人工喂养的宝宝发现，母乳喂养的宝宝智商（IQ）水平较高。这是由于母乳中含称为DHA的必需脂肪酸，它有助于脑和中枢神经系统的健康发育。出生后18个月神经系统发育成熟。

你需要吃什么

人类的母乳中蛋白质热量只占5%—8%，因此你可能不需要更多的蛋白质——多数西方妇女每天吃的已经大大超过她们的需要。但你需要钙，在母乳喂养期间，钙的摄入要增加80%，从每天700毫克增加至每天1250毫克。在前6个月，母乳喂养每天消耗约210毫克钙，因此要确保摄入充足。你吃进大量的钙，还不清楚宝宝是否就会从你的奶中得到更多的钙。但已经知道，如果你补充的钙不够，钙就会从你的骨骼中溶出，以维持乳汁中钙的水平，这将危及你骨骼的健康（见第48页）。

母乳的成分取决于你所吃的食物。素食的母亲必须确保她们从饮食中摄入足够的维生素B_{12}，以保证宝宝不会缺乏B_{12}而导致恶性贫血。维生素B_{12}的食物来源是酵母提取物、强化豆奶、动物肝肾、富含脂肪的鱼、蛋类、乳酪和奶。

多喝水

你也必须多喝——优质矿泉水或过滤水、稀释的果汁和凉茶。荨麻茶被认为可增加奶的产量，甚至还有助于治疗贫血，因为荨麻茶富含铁——你很快就会适应它的味道。野玫瑰茶富含维生素C。250毫升牛奶含有超过300毫克的钙。

其他重要营养素

营养素	主要天然来源
维生素A	鱼肝油、肝脏、肾脏、蛋类以及深绿色和黄色蔬菜
维生素C	柑橘类水果、黑醋栗、草莓、猕猴桃、西红柿
维生素D	阳光、富含脂肪的鱼、蛋类
锌	贝类、麦芽
铜	坚果和种子

吃得健康

改为地中海饮食将使你的营养状况得到提高。你所要做的是每天至少吃5份水果、蔬菜和色拉——1份是指1只苹果、2只李子或一大盘青菜。尽量多吃糙米、全麦面条和面包——不加黄油。这就是以碳水化合物为基础的健康饮食。

乳制品

不要吃乳酪和黄油，其他乳制品每天也要少吃，除非你在哺乳。如果你想减轻体重，选择低脂的乳酪和酸乳酪、脱脂或半脱脂的牛奶。每周吃的蛋不要多于4个。但要确保摄入足够的钙（见第48页）。

蔬菜和水果

蔬菜和水果的品种尽可能多样且充足，如深绿色和黄色蔬菜，洋葱、大蒜，西红柿、茄子，以及苹果、柑橘等。这些会提供丰富的抗氧化的维生素C、E和β胡萝卜素（在体内会转化为维生素A）。你还要额外摄入大量的B族维生素和充足的必需矿物质，如钙、镁、钾、锌。这些将有助于你保持长期的健康。含淀粉的谷物和块根类蔬菜可为你提供充足的能量，防止产生饥饿感。

危险的添加剂

野味，如鹿肉和野兔所含脂肪比牛羊肉少得多。家禽也是这样，但是饲养的禽类含有害的添加剂，如抗生素。集中饲养的鸡也可能带有大量沙门菌，这是一种会引起食物中毒的微生物，所以要完全煮熟。如果可能，要选择自由放养的禽类。

喝酒安全吗

你可以喝多少酒？对男性来说，喝红酒可能会降低患心脏病的危险，这可能是由于它含有抗氧化剂。但是对于年轻的妇女，多喝酒与乳腺癌——西方妇女最常见的癌——的高发病率有关，所以每天最多喝一杯。

肉和鱼

每个月吃牛羊肉不要超过330—450克。结肠癌和心脏病与多吃牛羊肉有关。肉类含有许多脂肪。加工过的肉类食品，如香肠和饼馅，脂肪含量极高。除非自由放养，饲养的肉类也可能含有激素和抗生素。熏制的肉，如熏猪肉和火腿，含有致癌物质亚硝胺。

■以菜豆、豌豆、小扁豆、坚果、种子和鱼代替牛羊肉。

■富含脂肪的鱼、坚果和种子含大量的多不饱和脂肪，对健康极有好处——每天吃坚果的人死于心脏病发作的可能性很小。

■如果你不吃任何动物蛋白，要用豆类搭配米，以保证你的蛋白质摄入。

■确保摄入足够的铁（见第46页）。

糖和甜食

糖只能提供热量，而且会毁坏你的牙齿。但实际上使人发胖的是既含糖又含脂肪的美味食品。研究显示，瘦的人实际上比胖的人吃的糖多，而胖的人吃的脂肪比瘦的人多。

■每周吃甜食或甜点不要超过两次或三次。

■当你想吃甜点时，可以选择新鲜的水果替代。

■干果可以使喜欢甜食的人感到满意，而且可为你提供有益的大量的铁。有的干果如梅干，还有助于预防便秘。

■传统的地中海甜食是由蜂蜜制成，蜂蜜含有微量的矿物质钾、钙和磷。但是，就像用精制的糖制成的甜食一样，它们也会使人发胖。

维持能量

如果你是因为晚上睡眠不好而觉得累，那么改善饮食不会真正起作用。但是，健康饮食确实对维持能量有很大帮助，同时你必须有规律地进食。大脑需要血液中葡萄糖的不断供应。血糖在餐后升高，4个小时后下降。因此，如果你4小时后不进食，低血糖会使你感到疲劳、急躁和不安，而且使你无法应付宝宝的需要。

食物是怎样被利用的

所有的食物最终都会被分解而转化为能量。但是，脂肪会被贮存以供长期的能量需要，而蛋白质通常用于组织的修复。碳水化合物是可以迅速使用的能量的最重要来源。它们以糖原的形式贮藏在肌肉和肝脏中。充足的糖原可以为你提供能量，因此，你要吃得足够多——占总热量的60%或更多。运动员要吃更大量的碳水化合物。

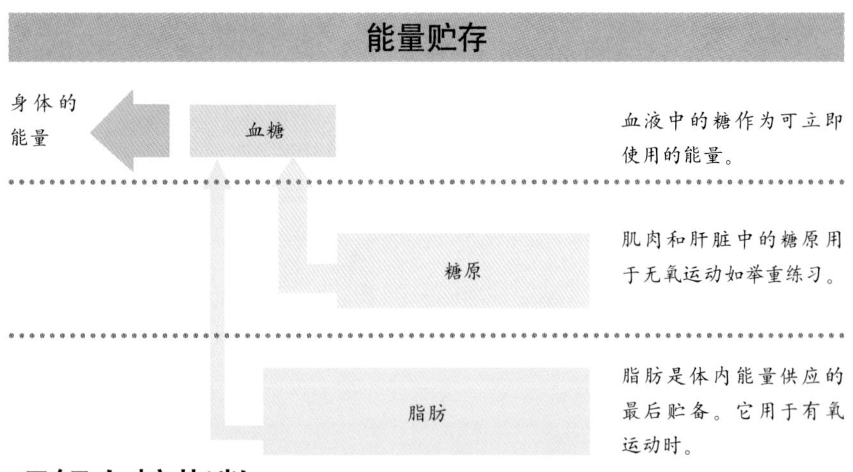

理解血糖指数

并非所有的碳水化合物都是相同的。甜食，如蛋糕、饼干、糖果和软饮料，都有所谓的高血糖指数。它们会引起血糖迅速升高，因此你会马上感到精力充沛，而且不太饿了。但是高血糖促进胰岛素的产生，这会使血糖迅速下降，所以你很快又会觉得疲劳、易怒和饥饿。许多有营养的碳水化合物类食物，如面包、米、玉米、马铃薯、胡萝卜和香蕉，也会引起血糖迅速升高。因此，如果你想维持能量，你最好要多吃血糖指数低或中等的食物。这些食物使血糖缓慢上升，所以能较长时间维持在高水平。

常见碳水化合物食品的血糖指数	
高	香蕉、饼干、脆玉米片、蜂蜜、果酱、米、糖、甜玉米、糖果、白面包
中等	葡萄、燕麦、橙、豌豆、薯条、全麦面包、全麦面条
低	苹果、鹰嘴豆、柚、绿色蔬菜、菜豆、小扁豆、奶类、梨、桃、李、大豆、全粒黑麦面包、酸乳酪

克服疲劳

血糖指数低和高的食物结合在一起吃，如一个苹果和一只香蕉可以解除饥饿，保持精力。总之，一份蛋白质和碳水化合物搭配的点心总是有效的，因为蛋白质不会引起胰岛素释放。每两小时吃些有营养的点心比每天吃一次大餐好得多。而且不要不吃早餐，烤面包、水果、蛋或麦片粥，有什么就吃什么。

有时疲劳与缺乏某种B族维生素有关。从碳水化合物或脂肪中释放能量必须有B族维生素参与。B族维生素不能贮存于体内，怀孕时需要量增大。轻度的缺乏就容易影响体力。你可以试着服用复合维生素B一个疗程。精力不足还与缺镁、缺锌（见第35页），特别是缺铁（见第46页）有关。

消耗能量

■当你感觉疲劳时不要喝咖啡。咖啡、茶、巧克力和可乐类饮料都不同程度地含有咖啡因，它是中枢神经兴奋剂，能暂时使你振作起来。而任何兴奋剂的副作用是它的后效应——失眠、精神紧张、急躁，而且最糟糕的是疲劳。可以多喝凉茶。它能提神、补充水分——茶和咖啡都可促进液体丢失——并有轻微的治疗作用。

■抽烟的人更易疲劳，因为香烟会消耗血中的氧，而氧是所有组织都需要的，尤其是肌肉。吸烟者在戒烟后精力明显增加。不管怎样，你不想让你的宝宝暴露于被动吸烟的危险中，所以不要吸烟。

■不要为了迅速集中精力而喝酒。酒精会使大脑和身体的活动减慢，使你粗心，说话含糊，行动不稳。它还会造成长期的疲劳和抑郁。

减轻体重

每个妇女在孕期体重都会增加。平均增加体重约10千克，正常范围是5—15千克，超出则是超重——除非你怀了双胞胎。在分娩后，你还会比怀孕前重。但是，由于发生了身体上的变化，你可能要花几周时间才能判断出是否变胖了。有的脂肪作为哺乳的能量贮备会被消耗掉（见第38—39页），你不用为此担心。

2

何时应节食

如果你不吃得过多，而且保持适当的运动，就会逐渐减少超出的体重，而不用限制进食。但是，哺乳的确会帮助你更快地减轻体重。有研究发现哺乳超过6个月的母亲在宝宝出生后第一年平均减少4.5千克体重，如果采用人工喂养则只减少2.2千克。

即使你不喂奶，你也不能试图节食——至少在头几个月里不能。你需要精力照顾你的宝宝。不管怎样，控制热量的饮食并不能长期起作用。大约90%靠这种饮食减轻体重的人在几年后又会再变胖。这种情况通常可以解释为当你节食时，代谢率下降，因此当你停止节食后会更容易变胖。

成功的减肥

你可以通过改变饮食的内容，而不是改变饮食的量，而且多做运动来改变体内物质的组成，减轻体重。你所要做的就是遵循以下要点：

■限制所有的饱和（动物）脂肪，后者存在于牛羊肉和奶制品中；将你摄入的固化（或氢化）的菜油减至最少，它们常用于制作蛋糕、饼干和糖果。

■使用健康油，如初榨的橄榄油。

■食用未精制的碳水化合物，如全麦面包和面条及糙米。

■每天至少吃5份水果和蔬菜。

■减少糖和甜食的摄入。

超重是不健康的

许多妇女对减肥反感，但是超重是不健康的。它与以下疾病有关：

■心脏病
■脑卒中
■糖尿病
■高血压
■高胆固醇
■关节疾病

代谢率增高

锻炼肌肉会使安静时的代谢率增高。有氧运动有好处，因为它消耗的主要是脂肪。运动将有助于你不再因饥饿后大吃大喝而增重。人体会阻止体重的增加，总是试图回到起始重量。有规律运动的人通常可以调节至较低的起点。

身体的脂肪比例

你无法自己检测你有多少脂肪——除了靠捏你腰部的皮下组织。女性理想的脂肪比例是约22%。18%—25%的范围内是可以接受的。健身馆和健身俱乐部常提供这一评估值。

体重指数（BMI）

计算你是否太重可通过检测你的体重指数（BMI）。下表可以粗略估计你的BMI是否处于健康范围。更精确的测量是你的体重（千克）除以身高（米）的平方。BMI在20—25之间是理想的，25—30是超重。

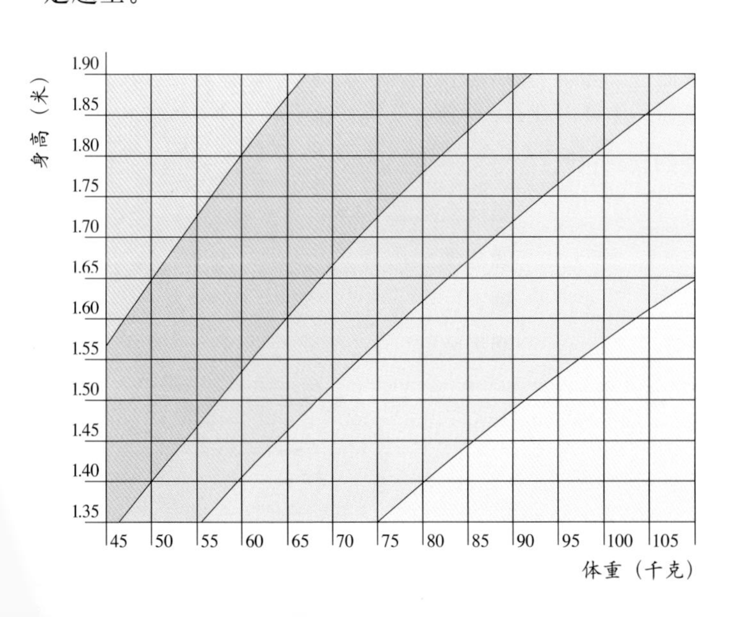

战胜贫血

许多女性有未被发现的轻度贫血。英国一项调查表明，几乎一半的被调查女性贮铁量低。缺铁性贫血的主要症状是精力不足、嗜睡、疲劳、气促、注意力不集中和抑郁。铁是血红蛋白的必需成分，血红蛋白是红细胞的有色部分，在体内运输氧。甚至在血液检测发现血红蛋白水平低之前，铁缺乏就会引起身体和精神状态不良。

你怎么变成贫血的

缺铁性贫血在孕期是很常见的，妇女三分之一的贮铁量要转移给她的宝宝，为宝宝的红细胞制造血红蛋白。如果一个女性在开始怀孕前由于月经量多或连续的怀孕而贮铁量低时，尤其容易贫血。在怀孕时要检测你的血红蛋白水平，而且要补充铁，以维持身体的需氧量。

如果你在分娩时失血很多，医生会给你输血。但是如果你失去的血量还不足以需要输血，你可能留下产后贫血。你爬一段楼梯就会感到疲劳、气促，而且消沉。贫血会使乳汁分泌减少。

铁的来源

你每天需要14.8毫克铁，在怀孕时要更多，哺乳时稍多些。铁的最佳天然来源是肝脏。你可以在110克肝中获得19毫克铁。

其他富含铁的食物包括：

- 动物肾脏
- 动物心脏
- 瘦肉
- 贝类
- 蛋黄
- 全粒谷物
- 杏干
- 西芹

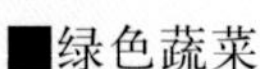

- 绿色蔬菜
- 鹰嘴豆
- 杏仁
- 黑糖蜜

最大量地吸收铁

动物来源的铁远比植物来源的铁易吸收。这意味着素食者比吃肉的人发生贫血的可能性大。例如，吃一满碗谷类食品只能吸收其中一半或更少的铁。

吃东西时喝橙汁，铁的吸收量最大。这是因为橙汁中含维生素C，可增加铁的吸收。实际上，你可以通过多吃维生素C（柑橘类水果、猕猴桃和黑醋栗都富含维生素C）来增加铁的摄取。

喝茶引起的麻烦

你从富含铁的食物中吸收的铁会因餐后喝茶而大大减少。这是因为茶叶中的鞣酸会抑制铁的吸收。过量的钙和饮食中的纤维素过多也会减少铁的吸收。

你需要服用补铁剂吗

许多人不喜欢吃口服补铁剂，因为这会引起便秘和腹痛。厂家声称一种叫蛋白螯合作用的过程模拟了铁的自然状态，所以螯合铁不会使肠道不适。这类产品中比较便宜的谷氨酸亚铁或硫酸亚铁更可取。如果你感觉缺铁，可以试试补铁剂，但要按说明书服用。太多的铁有毒——只要100克就可以致命——而且会导致铁负荷过多。你可能吃肝脏或蔬菜的含铁榨取物更好。它们不会使肠道不适，而且也不会破坏维生素E。为确保补铁剂被吸收，要在餐后服用（除非另有说明），并与维生素C一起服用。

用铁锅煮东西可以增加铁的摄取

强健骨骼的食物

许多老年妇女经常骨折。她们易发生骨折是因为骨质已经被流失了。一半的老年妇女遭受骨质丢失，这种情况称为骨质疏松症。骨质疏松症在绝经期雌激素水平下降后发展迅速，采取激素替代治疗（HRT）可阻止骨质丢失。但是骨质丢失也可能与长期矿物质钙的水平低有关。年轻的女性摄入的钙常常比推荐量低得多，因为她们为了苗条不吃含脂肪的奶制品。通常，她们的运动也不够——而负重和强壮肌肉的运动可增强骨骼。在20—40岁时你的骨骼越致密，将来患骨质疏松的可能性越小。利用你的分娩后健康计划开始养成运动的习惯，将有助于在老年时维持强健的骨骼。

预防骨质疏松

你每天需要700—800毫克的钙和足够的维生素D（3微克），以帮助钙的吸收。在怀孕时需要更多的钙，这是你的宝宝骨骼生长的需要，尤其是在最后3个月，还有在你哺乳时，你每天需要1400毫克钙和10微克维生素D。奶制品是钙的最好来源，450毫升奶含有约700毫克钙。其他富含钙的食物包括：

- 深绿色蔬菜
- 豆腐
- 罐装鱼
- 黑芝麻

富含脂肪的鱼和晒太阳是维生素D的最好来源。

为什么要运动

如果你6个月都不动，骨密度就会降低25%。负重运动（走路或跑步而不是游泳）对骨发育尤为重要。强壮肌肉的运动也很重要。肌肉牵拉骨骼，肌肉越多，你的骨骼就会越强壮。

形体重塑

你想健美。你知道通过每周3次、每次至少20分钟的有氧锻炼可以消耗脂肪，改善心血管功能，可以使你更健美。你也知道必须每周两到三次增强主要肌肉的锻炼。你知道必须做尽可能频繁的伸展运动。但是，怎样能既做到所有的这些，又能保持宝宝的尿布干净？

如果你能制定出与你的生活方式相适应的锻炼计划，你就能做到这点。然后你必须坚持按计划执行，让锻炼优先。一旦你开始有规律地锻炼并发现它带来的良好感觉，你就不想错过任何一次了。

你的锻炼计划

你最好要对怎样安排与你的日程相适应的锻炼计划有一个总的设想。但当你着手计划每周3次消耗脂肪的锻炼时间、2—3次增强肌力的锻炼时间和你能适应的足够的伸展运动时，试着制定一个你能坚持的计划。不要制定不现实的目标。如果你不能坚持，只会感到失败，而你需要良好的感觉。

自己订计划

将一周的每一天的时间表划分为三部分：早上、下午和晚上。然后试着插入你的锻炼时间。想想什么时间最可能做消耗脂肪的锻炼——快步走或跑步，游泳或踏步或有氧锻炼课程，以及何时最可能做增强和伸展运动。

你可以将它们分开，即交替做有氧练习和增强练习。你可以决定周一、三、五散步，周二、四增强肌力。也可以将它们结合成三次较长的锻炼时间——这种情况下先做有氧练习，否则你会感到很累。你还可以将锻炼时间分为更短、更频繁的每次10分钟时间。

许多一小时的锻炼课程将等量的有氧练习、增强练习和伸展练习结合在一起，因此去一次就全做了。你必须选择一种与你的日程安排相符的。

你的目标

■每周3次20分钟的有氧锻炼，最好隔日进行，有利于肌肉恢复。

■每周2—3次的肌力增强锻炼，每次之间至少留一天恢复时间。(每一肌肉群从1组15—20次开始，逐渐增加至2组。)

■尽你所能多做伸展动作。

简单的每周锻炼计划			
	上午	下午	晚上
周一	骨盆底肌肉/腹肌练习	散步	踏步
周二	骨盆底肌肉/腹肌练习	散步	强壮上半身
周三	骨盆底肌肉/腹肌练习	散步	强壮下半身
周四	骨盆底肌肉/腹肌练习	散步	健身操
周五	骨盆底肌肉/腹肌练习	散步	伸展
周六	骨盆底肌肉/腹肌练习	散步	
周日	骨盆底肌肉/腹肌练习	家庭散步	增强腿部/手臂肌力

哪一种对你的宝宝最好

你是否在你的宝宝醒着的时候做散步等锻炼？或在宝宝睡着的时候用录像带锻炼或做增强练习？你是否在丈夫在家时锻炼，这样你能不用带着宝宝去游泳池或健身馆？或者你是否与丈夫在同一个房间做增强练习这类比有氧锻炼需要较少指导的锻炼？你是否能在周末集中锻炼——你可以安排全家远足或去当地的池塘、水库、湖边玩？

只有指导原则，没有一成不变的标准。灵活些，并发挥想象力。如果你此刻根本不锻炼，那么做总比什么都不做好。一天只要几分钟就能改善健康状况。如果你实在不能将热身、锻炼和伸展结合在一起成套练习，那只要试着活动量大一些。锻炼只不过是正式的活动。逛商店、房间吸尘、提早一站下车、上下楼梯，也是锻炼。

你不想锻炼时怎么办

尽管你有良好的愿望，有时你只是不想锻炼。不要对自己太苛刻。也可以选择一种新的活动激发你的热情，如滑冰或室内攀登。或只做一些伸展运动。人们往往忽视这方面，但一个真正到位的伸展动作可以深深地舒展并增加活力。或只要接受每个人都有感觉良好或不好的日子这个事实。告诉自己明日再做，但不要放弃。人体天生就要运动，因此从现在开始让自己坚持运动下去。

3

热身与放松

开始任何种类的运动之前，你应该做热身和伸展肌肉等准备动作。运动之后，你应该让身体平静下来并伸展让肌肉恢复。热身运动是让身体逐渐适应。温和的节律运动如行走并挥动双臂等能缓慢地提升温度，活动关节并使心肺运动加速。热身为活动做准备，可以保护心脏并帮助你最好地完成动作。

热身

热身运动改善肌肉的柔韧性，因此你更容易伸展。运动前伸展能降低受伤的危险。如果你刚开始练习，那么多花一些时间热身——最好5—10分钟。你熟练些时，就可以更快些热身。你能通过现场步行几分钟来热身。做一些活动关节的运动：

■踏步，同时将手举过肩部。

■向两个方向旋转肩部。

■大幅度甩动手臂。

■将膝关节抬向对侧肘部。

■伸展前做步行热身。

放松

你完成运动项目后，平静、放松也很重要，应以一种可控制的方式让身体的活动减慢。如果你完成了一种耗能的有氧项目，你的心脏和肺部做功增加以维持血液循环。如果你突然停止运动，心脏受压、血液聚集在腿部会使你感到头昏乏力。

放松运动包括与热身运动相同的简易的节律运动、原地踏步及一些温和的放松动作。如果你做完增强运动，那么可能这几个动作都要做，以便热身后准备做伸展运动。

上身伸展运动

这些伸展运动可以在运动前后做，也可以在一天中你喜欢的任何时间做。做的时候均匀地深呼吸。

肱三头肌伸展

站直，保持良好姿势。将一侧手臂举过头，手从背部放下并用另一只放松肘后部。抓住肘部上的肉而不是关节本身。感觉上臂紧张。保持伸展状态6—8秒，另一侧重复这一动作。

上背部伸展

往前伸出手臂，保持肘部柔软并握紧手指使指关节朝外。转动肩部、低头并感觉背部和肩部上方交替紧张。保持拉伸6—8秒。

肩部伸展

肩部伸展一侧手臂跨过胸前，用另一侧手从肘部扶住上臂并将其压向身体。感到肩部紧张。保持伸展状态6—8秒，另一侧重复这一动作。

胸部伸展

在身后握住双手，指关节朝外，抬高手部时挤压肩部使其靠近。觉得胸部被伸展。保持伸展6—8秒。

下身伸展运动

在你锻炼前做这些伸展运动，会拉长你下身所有的肌肉，为运动做好准备。也可以在运动后做这些动作，尽你所能保持伸展状态长一些时间（延长伸展时间至少等到产后2—3个月）。

小腿伸展

手与肩同高靠着墙并向后伸出一侧腿。两脚间距离与臀同宽。撑着墙重心前移，将后脚跟着地，这样你会感到小腿后部被往下拉。保持伸展6—8秒，然后换一侧。

3

肱四头肌伸展

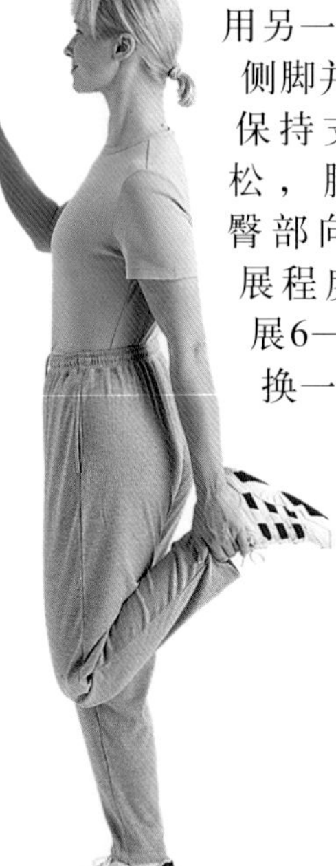

扶着墙或椅背，用另一只手握住一侧脚并移向臀部。保持支撑的腿放松，膝盖并拢，臀部向前增加伸展程度。保持伸展6—8秒，然后换一侧。

腿内侧伸展

腿分开站立，脚朝前脚尖稍向外。一侧屈膝成一定角度（不要过度），保持膝盖在踝部的正上方，推动骨盆底向后、向外。用手支撑在地。感到伸直的腿内侧被向下拉伸。保持伸展6—8秒，然后换一侧。

臀部屈肌伸展

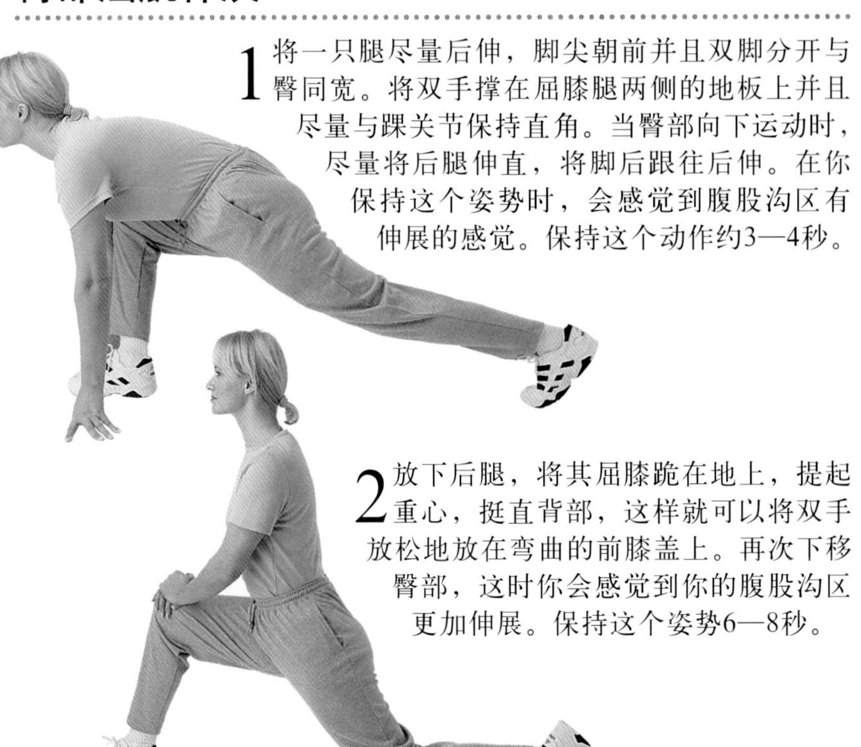

1 将一只腿尽量后伸，脚尖朝前并且双脚分开与臀同宽。将双手撑在屈膝腿两侧的地板上并且尽量与踝关节保持直角。当臀部向下运动时，尽量将后腿伸直，将脚后跟往后伸。在你保持这个姿势时，会感觉到腹股沟区有伸展的感觉。保持这个动作约3—4秒。

2 放下后腿，将其屈膝跪在地上，提起重心，挺直背部，这样就可以将双手放松地放在弯曲的前膝盖上。再次下移臀部，这时你会感觉到你的腹股沟区更加伸展。保持这个姿势6—8秒。

膝关节韧带伸展运动

1 承接前面的姿势，放松后脚脚跟，这样你就可弯曲后腿。将前腿尽量伸直，尽量放松前脚脚跟。当将重心从髋部向上移动时，你会感觉到前腿背侧有逐渐绷紧的感觉，这时尽量保持挺胸和背部挺直的姿势。尽量将你的双手撑在地上，若感觉有困难的话，亦可撑在墙上。保持这个姿势6—8秒。

2 两侧交换运动，然后重复上面提到的臀部屈肌伸展运动的两个动作，接着又回到膝关节伸展运动的姿势。

做完以后

为了提高柔韧性，你可在做完以后尽量延长伸展运动的时间，你可将保持动作的时间逐渐延长到半分钟——但至少得等产后3个月以上。你可选择性地添加一些附加动作，但切不要忘记伸展你的小腿肚、大腿、髋关节和上肢（见第52—55页）。

1 平躺仰卧，双膝弯曲，双足平放在地板上。然后，往胸前抬起你的一侧膝盖并且保持这个姿势，接着尽量伸长这侧腿并且用双手抱着足部、踝部或小腿肚往头部方向伸展。这条腿不一定要伸直，但是一定要放松和尽量伸长它。这时，你会觉得腿背有绷紧的感觉。如果你觉得你的腿部会颤抖，可能是动作做得过头了，那么放松它。

2 继续前面的动作，将你抬高的那侧腿交叉靠在另一侧膝盖上，双手从大腿之间紧抱住远侧的腿，那么你就可尽量放松靠近你的那侧腿。这时在大腿根部会有绷紧的感觉。保持这个姿势约几秒钟，然后换另一侧腿重复上述动作。

3 恢复平躺仰卧位，双膝弯曲侧卧，同时保持双肩平卧，腰部贴地。然后换一边继续该动作。

4 翻转身，俯卧位，双手平放在地上支撑住肩部，然后朝前、向上移动你的身体。咬紧牙关，尽量用你的双手支撑住身体。这时，你会觉得身体前面有绷紧感。

5 继续俯卧位，双膝弯曲跪在地上，脚背朝地绷直脚后跟，朝前尽量伸直双前臂。这时背部两侧和双肩有绷紧感。

6 坐位，上身挺直，双膝分开，双足底紧贴在一起。将双手放在臀背上或将双肘轻放在大腿上。朝前倾斜，背部保持垂直，这时，在大腿内侧有绷紧感。

7 坐位，双腿分开伸直，双手放在背后。将你的髋部朝前倾，同时保持背部垂直和脚尖垂直向上。这时，在大腿内侧有绷紧感并尽量伸长双腿。

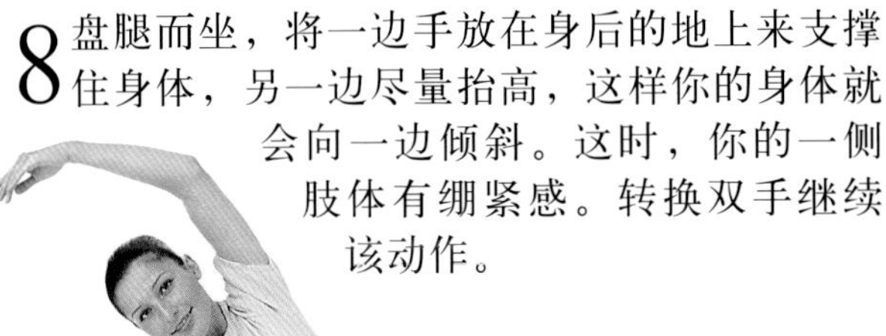

8 盘腿而坐，将一边手放在身后的地上来支撑住身体，另一边尽量抬高，这样你的身体就会向一边倾斜。这时，你的一侧肢体有绷紧感。转换双手继续该动作。

9 站直，提起脚跟伸直双腿，然后向上伸直双手臂，在头顶上方交叉，指关节向下。用力向上推并感觉全身伸展。

脂肪消耗运动

你的身体已经活络和舒展，你急于开始锻炼。但是，你是否继续保持热身状态？当你做伸展运动时，你的身体可能已经平静下来，所以在你开始艰难的锻炼之前有必要再次热身。

步行

开始步行时，你应保持舒适的步伐，随着身体的变暖而逐渐加速。注意步行的姿势：抬头挺胸，展开双肩，伸直腰；自然摆动双前臂，通过跨大步来提高步速；脚着地，从脚跟到脚尖。主观上，你可能想在整个过程中尽量保持敏捷的步伐，但事实上你常常因觉得累而放慢脚步，休息一会儿后重新开始，尽量多走一点。当你轻松自如地走了20分钟而不觉得累，你得重新考虑运动量。你可以步行更长时间，如30—40分钟，也可以走得更快更远；你可以爬坡，也可以给大腿负重前进；你可以快速走或慢跑一段甚至全程。

游泳

刚开始游泳时，你速度应该较慢，在你觉得真正热身时才开始加速。调整呼吸次数，在你每次划水时尽量伸长身体，真正做到双臂划水和双腿回屈后蹬以向前游动。如果是蛙泳，在呼吸间歇期，你应该把头部浸在水里，否则，将导致颈项部疼痛或疼痛加重。如果你能轻松自如地游完20分钟而不觉得累，你可以游得更久、更快或采用自由泳，因为后者比前者更耗体力。

最佳运动量

无论你采取何种有氧锻炼方式，你首先必须热身，从小运动量开始，然后逐渐增加运动量，最后达到有利于身体健康和脂肪消耗的最佳运动量（见第15页“脉搏”）。当你觉得身体素质提高时，你可增加锻炼的强度和延长运动的时间来增加身体的负荷。

跑步

除非你原先经常跑步，否则你必须产后几个月才开始。这是一个大运动量的活动，所以开始之前你必须注意运动鞋是否合脚。从步行开始热身，然后慢跑，确保你正确的跑姿——从脚跟到脚尖着地，抬头，放松双肩，双臂前后摆动，自如深呼吸。如果你想停下来，那么最好改为步行。当你一次可跑20分钟时——也许你得花好几个月的时间才做到——你就需要提高速度或距离，否则，你的身体耐受力就不能进一步提高。

注意

产后6个月内：

■你做任何运动时收紧骨盆底肌肉和腹肌。

■避免高强度的有氧运动。

■不要猛烈跳跃、强行下蹲或疾跑。

■在踏步操中脚放低些，不要跳跃。

■不要举太重的哑铃。

■不要做高难度的腹肌练习。

有氧锻炼

如果你参加健身班，那么指导老师会教你合适的热身法，但你必须选择一个适合你身体状态的健身班，如果你跟不上训练强度，那你必须停下来休息，不要与其他人竞争。游泳健身班是比较适合的，因为它不需要压迫关节。低强度有氧锻炼、步骤简易或循环锻炼的健身班是比较好的。另外，你得告诉指导老师你刚分娩过。在锻炼时，应随时注意你的锻炼姿势——挺胸，收紧腹肌和骨盆底肌肉。一旦你觉得锻炼课程简单，你就应换一个高级班。

手臂运动

在产后，相对于锻炼臂肌、肩肌和胸肌而言，你可能会更有兴趣进行腹肌锻炼，但是锻炼臂肌、肩肌、胸肌，对你恢复体态和消除疲劳均很有好处，日常工作，首先是抱小孩，再就是其他如开车、烧菜、洗衣和整理房间等将会变得更容易。

肱二头肌练习

这套练习锻炼上臂前面的肱二头肌。肱二头肌在屈臂时起作用，它对整个手臂力量十分重要。对着镜子，拿起哑铃，确保你能安全地抓起，并检查你的姿势（见第18—19页）。

3

1 直立，双手抓起哑铃（重量较轻的）放在两侧大腿的前侧方，手指朝前。

2 屈肘，利用手腕力气抬起哑铃于肩前，数三下，然后放下，接着再重复上述动作，数四下。在整个过程中，应保持肘部放松。抬起时吸气，放下时呼气。整个过程重复15—20次。

从哑铃起步

从轻重量哑铃开始，做上述一套动作，重复15—20次；接着增加另一套动作。当你自觉能够轻松完成这两套动作时，那么换成重一些的哑铃（在你能抓起8—10次范围以内），完成一套动作8—10次，接着增加另一套动作重复8—10次，然后逐渐增加次数直到15—20次。接下来，你又可更换更重的哑铃。但请注意，至少在产后2个月（剖宫产3个月）以内不要抓重哑铃。

肱三头肌伸展运动

这套肱三头肌锻炼动作有助于防止上臂背侧肌肉松弛。你随时伸直手臂，都在锻炼肱三头肌。在你刚开始这套动作时，你会发觉双手分开做更容易。

1 站好，抓起哑铃举过头顶，将其放在颈背部，保持手指朝前，肘部向上。这是开始的姿势。

2 保持上臂不动，举起哑铃，数三下。重复上述动作4遍。呼气时举起，吸气时放下。从第一步开始，然后增加第二步，接着渐渐增加哑铃的重量。

肱三头肌下沉运动

这是增强手臂背侧肌群的替换练习。在你能轻松完成上一套动作后，不妨试试这套动作，它要求用你手臂力量来支撑身体重量。

1 坐在地上，面朝前，双膝弯曲成直角，双脚着地，分开与髋部等宽，双手分开与髋部等宽，平放在距离臀部约15厘米的地面上。手臂伸直，撑起身体。保持肘部放松，并让双臂支撑身体重量。

2 屈臂，肘部向后弯曲，那么你的身体几乎着地，快数三下，接着又伸直手臂，提起身体，数四下。呼气时屈臂，吸气时伸直手臂。这是一个小运动量的运动，从重复第一步骤开始，逐渐完成两个步骤。

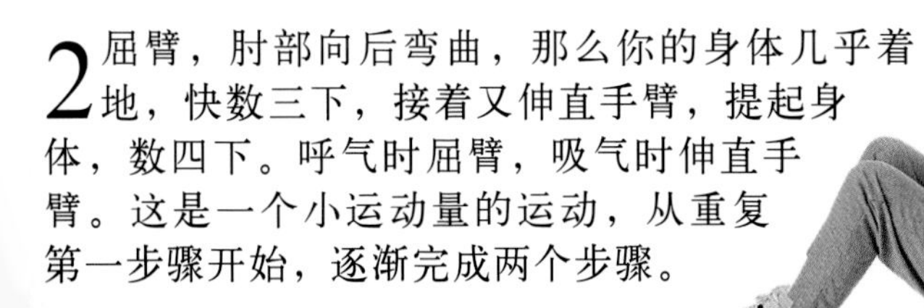

肩部和胸部运动

肩部、胸部与大腿、臀部相呼应，构成你婀娜的体态。它们对你上半身的健美和保持优美的姿势尤为重要。锻炼胸肌是让乳房最大程度地支撑的惟一有效方法。

飞鸟运动

这套动作是锻炼胸肌，亦有部分肩肌（三角肌）参与。

1 平躺仰卧，双膝自然弯曲，双足平放在地板上。提臀，收腹，腰部贴在地上。抓起哑铃，双手展开平放在地上，手指朝前。

2 保持肘部放松，举起哑铃于前胸正上方中线处，数三下，然后放下，数四下。保持手腕垂直。呼气时举起哑铃，吸气时放下。重复整套动作1—2遍。

上举运动

这套动作是锻炼肩肌。这个肌群为三角肌，它像肩章一样包绕肩关节。

1 站好，举起哑铃，双臂展开与肩部平行，肘部弯曲成直角，使得双手与头部等高，手指朝前。

2 肘部放松，伸直手臂，使之与肩部成一条线，数三下，然后回到原来姿势，数四下。呼气时伸直手臂，吸气时肘部弯曲。重复整套动作。

垂直划船运动

这套动作需要肩肌（三角肌）、前臂屈肌群（肱二头肌）、背部肌群（斜方肌）共同参与，所以它是一套很好的全身运动。

1 站好，握住哑铃于腹股沟前，手指向内。

2 举起哑铃到下巴处,数三下。保持哑铃靠近身体并依靠肘关节举起哑铃。放下哑铃，数四下。注意要依靠肘关节的运动。举起时呼气，放下时吸气。重复整套动作。

上身运动

下面两套动作非常适合于女性，因为它们涉及肩肌（三角肌）、胸肌（胸大肌）、上臂背侧肌群（肱三头肌）等这些肌群的协同作用。俯卧撑同时需要腹肌的紧张，因此有必要进行锻炼。

卧位上举

1 平躺仰卧，双膝弯曲，双足平放在地上。腰部不着地，骨盆底肌肉上收。双侧肘关节着地，依靠两侧胸大肌举起哑铃，保持前臂伸直。手指朝前。

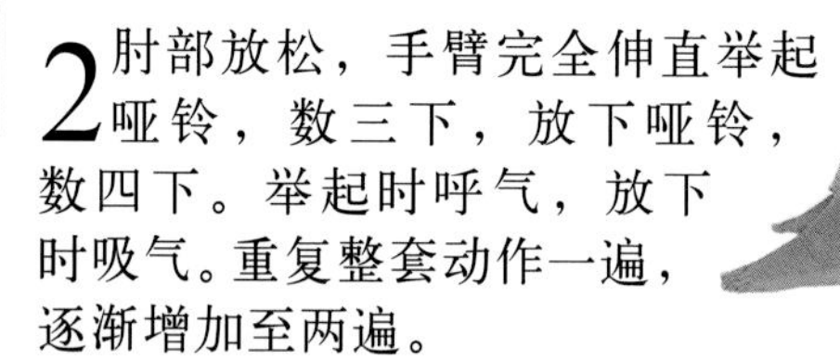

2 肘部放松，手臂完全伸直举起哑铃，数三下，放下哑铃，数四下。举起时呼气，放下时吸气。重复整套动作一遍，逐渐增加至两遍。

开始的俯卧撑

刚开始必须从半俯卧撑开始。

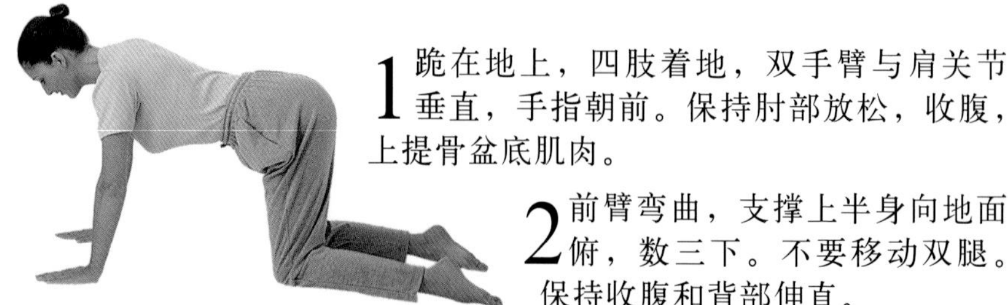

1 跪在地上，四肢着地，双手臂与肩关节垂直，手指朝前。保持肘部放松，收腹，上提骨盆底肌肉。

2 前臂弯曲，支撑上半身向地面俯，数三下。不要移动双腿。保持收腹和背部伸直。

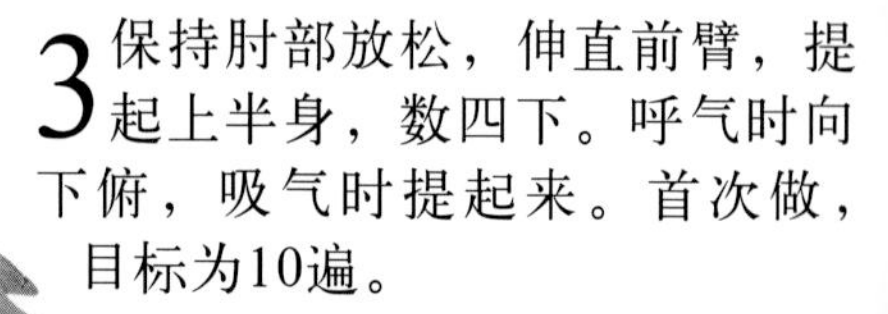

3 保持肘部放松，伸直前臂，提起上半身，数四下。呼气时向下俯，吸气时提起来。首次做，目标为10遍。

四分之三的俯卧撑

当你力量增长时，进一步做四分之三的俯卧撑。

1 将大腿伸直并以弯曲的膝盖支撑体重，交叉踝部保持稳定。

2 保持正确的收腹并且保持背部呈直线，即当你身体下沉和上抬时使膝部到肩部呈一直线。目标是10遍。

完整的俯卧撑

完整的俯卧撑以双手和双脚脚趾支撑，身体保持一条直线，需要许多上身的力量，在你发现四分之三的俯卧撑很容易时才可以做。

1 收腹，背部挺直，从膝到肩呈一直线。

2 身体下沉、上抬，保持背部挺直。目标是10遍。

腿部和臀部运动

腿部和臀部运动可锻炼臀肌（对支撑腰部有益）和腿后侧肌及腘绳肌腱。锻炼臀肌会帮助你改善姿势，因此减轻背痛。开始这些腿部练习时，卧位特别安全，因为这样能支撑腹部并保持动作幅度小而且准确。

直腿上抬

1 俯卧，将头置于双手上，眼睛向下看，头向下，颈部伸长以保持头颈和背部呈一条直线，收腹并上抬骨盆底肌肉。

3

2 保持右腿伸直，膝关节放松并上抬腿部几厘米。保持髋部贴在地面上，脊柱不移动。当你抬腿时收缩臀肌。保持背部颈部伸长和收腹状态。控制动作，试着伸长右腿保持足部呈一个放松的角度。抬腿时呼气，放下时吸气。双侧各重复1组或2组。

站立抬腿

你可以站着做这个练习并扶着椅背支撑。正确站立并保持支撑腿放松，另一腿伸直向后几厘米，挤压臀肌。保持动作幅度小且准确。不要让髋部移动。保持髋部朝向前，腿部向后，不要向侧面。收腹并保持骨盆底肌肉上抬。抬腿时呼气，放下时吸气。双侧重复做。

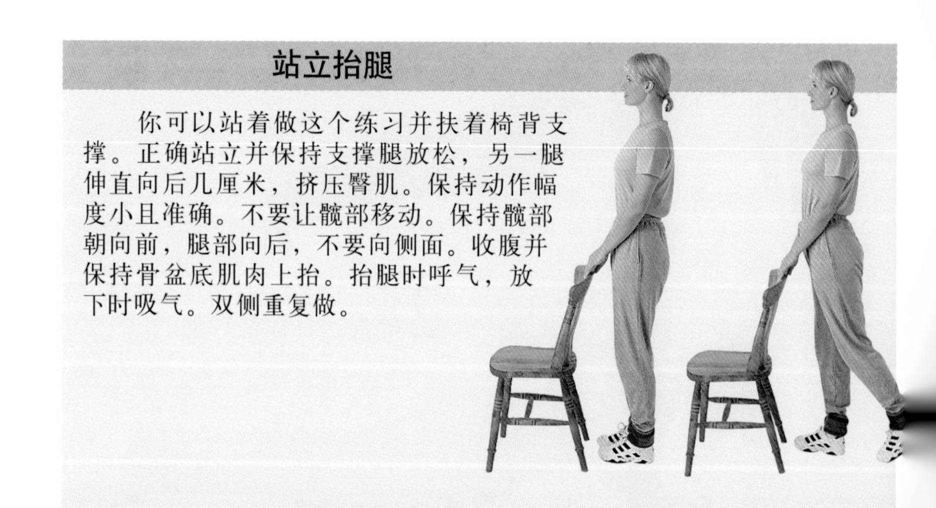

进一步的腿部上抬

当你感觉更有力时，你可能愿意做肘关节和膝关节着地的腿部上抬。

1 确保你的体重均匀分布，而且肘关节和膝关节分别在肩关节和髋关节的正下方。保持颈部和脊柱呈一直线。

2 收腹。从地面将腿部抬起至膝部与髋部在同一水平，不要抬太高或太低。

卧位 L 型上抬

躺下，开始做这个练习。这个体位可以保持你的腹部和背部稳定，防止抬腿太高。

1 俯卧，将头置于手上朝下看，颈部伸长并与背部呈一条直线。收腹，上提骨盆底肌肉。将右腿弯曲呈90º并弯曲足部。

2 抬起弯曲的腿，保持髋部压向地面，同时挤压腹肌，并保持收腹状态。腿部只要抬高几厘米。抬腿时呼气，放下时吸气。双侧重复几组。你可以在腿上捆扎哑铃使运动难度加大。

3

腿部内外侧肌肉运动

这两个练习锻炼腿部的外侧和内侧肌肉。这些肌肉组可能在平时每日活动中被忽略。加强这些肌肉会改善腿部的形状并使线条清晰。

双侧L型上抬

这个练习锻炼外侧腿部肌肉即股外侧肌。

1 侧卧，双腿并拢，髋关节和膝关节弯曲成直角。确保髋部向前，上面的那侧髋部在骨盆底正上方。将头枕在手上，另一手放在身体前方的地上以保持平衡。收腹并上提骨盆底肌肉。

2 保持收腹状态，抬起上面的一侧腿，恰好高于髋水平，不要让腿部摇摆。让它与下面的那侧腿呈镜像位置。保持髋部在一条线，不要让上面的那侧髋部向前或向后摆。抬腿时呼气，放低时吸气。双侧重复几组。你可以在腿上加个哑铃增加运动量。

下位的腿部上抬

这个练习锻炼内侧的腿部肌肉即内收肌。

1 侧卧，以肘部支撑并将另一侧手在身体前面着地保持平衡。弯曲上面的腿并把脚平放在地面。伸直下面的腿与身体呈直线并弯曲足部。收腹并上提骨盆底肌肉。

2 尽你所能上抬下面的腿，足跟部先行。保持足部弯曲。当你抬腿时试着伸长它，但膝关节要放松。保持这一动作并收缩内侧腿部肌肉，尽可能抬高。上抬腿部时呼气，放下时吸气，开始时你可能发现将足部上抬离开地面超过1—2厘米都很难。双侧重复几组，进一步则使用腿部哑铃。

俯卧屈腿

这是一个大腿后部肌肉（腘绳肌腱）和小腿后部肌肉（腓肠肌）的练习。

1 俯卧，头枕于手上，保持颈部伸长，头与背保持一条直线。收腹并上提骨盆底肌肉。

2 弯曲双足并在膝部弯曲腿部让脚弯向臀部。然后再伸直腿，膝关节放松。屈腿时呼气，伸直时吸气，重复做几组。捆扎腿部哑铃使运动难度加大。

站立练习

下蹲可锻炼大腿前面的肌肉（股四头肌）和臀部肌肉（臀肌）。由半蹲位开始，然后进展到全蹲位。在全蹲位中，只要下蹲至大腿与地面平行。小腿上抬锻炼小腿的肌肉（腓肠肌和比目鱼肌）。小腿肌肉始终在工作，它们如果软弱无力，你的腿部会感到累，而且你的膝部和踝部容易受伤。

下蹲

1 站立，双脚分开同臀宽，脚趾向前或略向外，确保臀部和腹部内收，骨盆底部上提，挺胸并且肩部向后舒展。将双手放在鬓角旁。

2 膝部弯曲并下蹲，让膝部自然地弯曲，保持颈部伸长，背部平坦并挺胸。将臀部向后突出，这样膝盖位于踝部正上方。收腹，骨盆底肌肉上提。站起时伸直膝盖，但膝关节保持放松。重复1–2组。

3 一旦你对这个练习有信心，你可以一直下蹲至膝部呈90°，不要再往下。臀部向后突出，保持挺胸和背部平坦。保持颈部伸长，使它与背部呈一条直线。确定你的膝部在踝关节的正上方（而不是在脚趾上方）并保持收腹。这是全蹲的动作。为了加大这个练习的难度，你可以在肩上或身体两侧加上哑铃。

小腿抬高

1 以良好的姿势站立，双足适当分开，只要5—6厘米。扶着门柱、壁炉架或一张椅背。

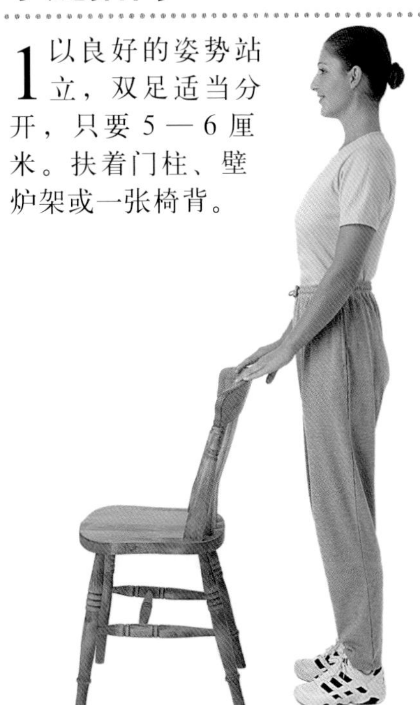

2 脚后跟离地、脚尖着地，然后放下。保持膝关节放松，收腹挺胸。目标是做20遍。

腿部伸展

这部分最后一个练习是坐下做的，锻炼大腿前面的肌肉（股四头肌）。增强这块肌肉会提高腿部力量并能改善膝盖以上的体型和线条。

1 坐在一个硬的椅子上，背部垂直，挺胸，肩部向后并收腹，上提骨盆底肌肉。

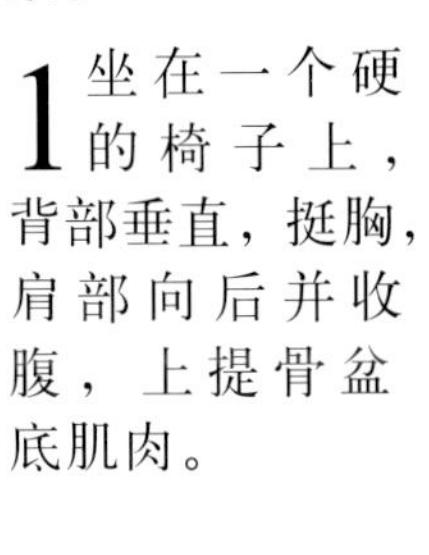

2 伸直双腿，保持足部弯曲，使大小腿呈一直线。做这个练习应该完全绷紧膝部。做一组或两组，变得轻松时在腿部加上哑铃。

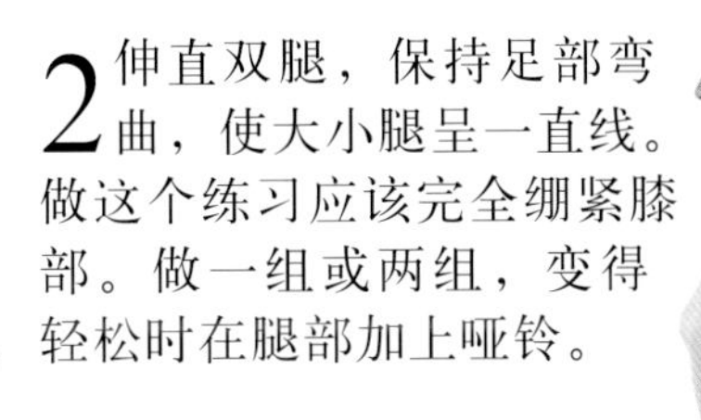

静脉曲张

妇女特别易患静脉曲张，是由于体重和怀孕中子宫的压迫所致，也与孕激素引起静脉松弛扩张有关。阴户的静脉曲张通常在产后会完全消失，但发生在腿部的可能不会消失，但几个月后应该会变得不明显。

什么是静脉曲张

静脉曲张是由于大小隐静脉中瓣膜失去功能引起的。大小隐静脉在腿的内后侧上行。瓣膜失去功能时，血流在静脉中回流使下一个静脉瓣增加压力，接着也失去功能。血流开始聚积并发生静脉肿胀，膨出并扩张成看得见的蓝色团块。发展成严重的静脉曲张需要几年。

有哪些原因

遗传是主要的因素——如果你母亲患静脉曲张，那么你很可能也会患。职业也很重要，特别是必须长时间站立的工作。但生活方式的因素，特别是饮食和运动，也起一部分作用。便秘也被认为是一个危险因素。

解决问题

锻炼对静脉曲张很有好处并可改善它。你也可通过下列的措施减轻不适：

■避免长时间站立。

■穿弹力袜。

■避免穿紧身衣服。

■尽可能将足部抬高。

■坐位时不要交叉双腿。

■经常散步。

■依靠高纤维素、低脂肪饮食，保持体重在健康标准范围内。

■躺下，每天腿抬高靠墙1—2分钟，帮助血液回流到心脏。

外科解决办法

摆脱难看的曲张静脉的唯一、永久的解决办法是外科手术。它能防止静脉曲张进一步进展，预防长期的并发症如皮肤湿疹、溃疡和腿受伤时严重的出血。只要你意识到腿部疼痛就应该手术。妇女不要等到成家后才治疗，因为怀孕前的静脉状况越好，怀孕后静脉状况也就越好。

让腹部恢复平坦

每个生过孩子的妇女都希望恢复平坦的腹部。虽然有可能永远不能与怀孕前完全一样，但只要投入并努力，你就会做到。

最初应坚持温和的锻炼。记住，不要只注意腹部练习。人体肌肉是成对工作的，腹部肌肉是与背部成对的。因此如果你想要平坦的腹部和更好的姿势，你在增强腹部肌肉的同时必须增强背部肌肉。锻炼背部还能帮助你减轻腰背痛，新妈妈中每两个就有一个患腰背痛。

产后的变化

腹部前方从肋骨垂直向下至耻骨的肌肉称为腹直肌。它实际上是一对肌肉由一个纤维带连接起来。怀孕期间，肌肉间的纤维带增宽以便胎儿生长。你可以将其看作你腹部上的一个有皱褶的带子。

恢复正常

在脐周你很容易感觉两块肌肉间的分离（脱离）。分离的宽度因人而异。如果怀孕前腹肌薄弱或婴儿超过4千克或怀双胞胎或三胞胎，那就会宽一些。如果你认真做练习，最终会闭合。

生育后由于激素水平的调节，两块肌肉又逐渐结合在一起。这一过程从产后3—4天开始，可能持续5个月完成。有时两块肌肉从中间裂开，就像裂开的拉链。这种情况称为脱离，需要由产科理疗师治疗，以防止腹部内的器官膨出。

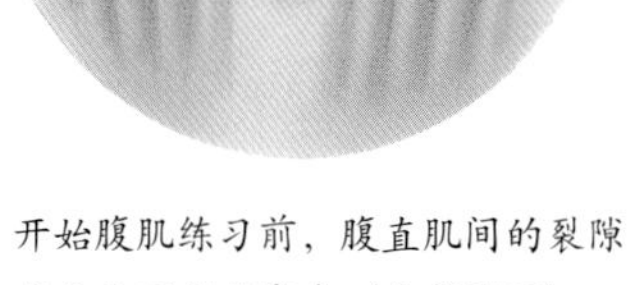

开始腹肌练习前，腹直肌间的裂隙应小于两指的宽度（见第77页）

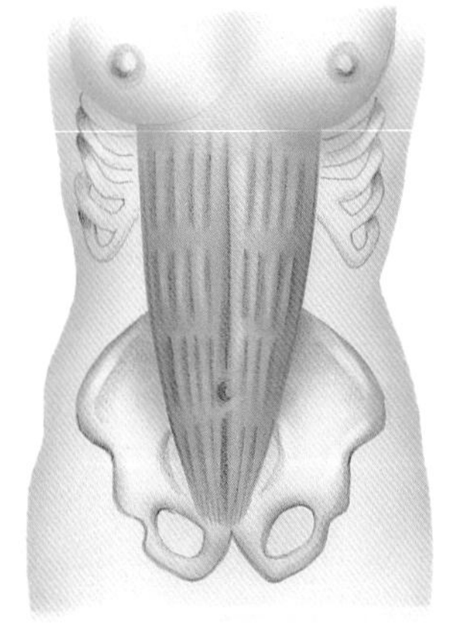

怀孕前

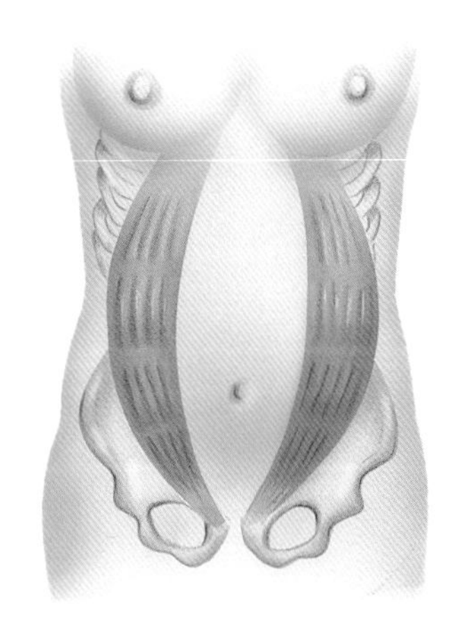

刚怀孕后

腰背痛的原因

身体肌肉的成对工作让我们保持直立和对称。当你前面的肌肉拉长伸展时，腰部的肌肉缩短，特别是它们本来就薄弱，这使腰部产生一个凹陷，经常引起腰痛。

产后这个凹陷使你突出的腹部更加突出，并成为产后腰背痛的一个主要原因。随着骨盆的扩大拉伸让胎儿通过，脊柱的形状也可能改变。这种拉伸是激素水平增高的结果，全身的关节和韧带都受影响，因此任何由腹肌和背肌薄弱引起的潜在的不良状态都会在怀孕中变得更坏。

产伤

下背痛的一个主要原因是生育过程中受伤。你的髋关节和腰骶椎可能被过度拉伸并可能脱位。如果是硬膜外麻醉，这种情况特别常见，当时你不觉得痛，也不可能告诉医生。如果产程较长，骶髂关节上经受的重压可能造成一个骶椎的扭伤。这样的扭伤会引起臀部疼痛，有时会蔓延至一侧腿。

背部受伤

激素水平在产后5个月才降至正常，这段时间你产后的毛病和背部的损伤仍会加重；如果你是剖宫产，可能因为害怕腹部疼痛不能站直而影响姿势。这些因素可以解释为何半数的刚做母亲的妇女有腰背痛的症状。

寻求医疗帮助

大多数母亲有由肌肉紧张引起的下背痛。有时这种紧张蔓延到颈部，引起头痛。如果你有腰背痛，去看病并寻求专家的病因诊断和适当的治疗。你可能需要物理疗法或整骨疗法。

怎么锻炼

在你开始锻炼的几个月内，你的腹部开始变平且背痛减轻。通过做大量的伸展运动并在你抬举重物、站立、坐下或躺下时注意改善姿势，你就会增强全身前后肌肉的力量。当然，如果你同时去掉了多余的脂肪，体型就会改善。

腹肌增强运动

只要坚持做下面两个练习，产后3天你就能开始增强腹部肌肉力量的练习。在你打算逐渐开始安全的仰卧起坐练习前，这些是最安全的。在开始更积极的腹部练习前，必须确定腹肌脱离已愈合。产后太早让腹部过分运动是很危险的。

骨盆上抬

这个练习帮助纠正产后背部凹陷并温和地锻炼腹直肌。

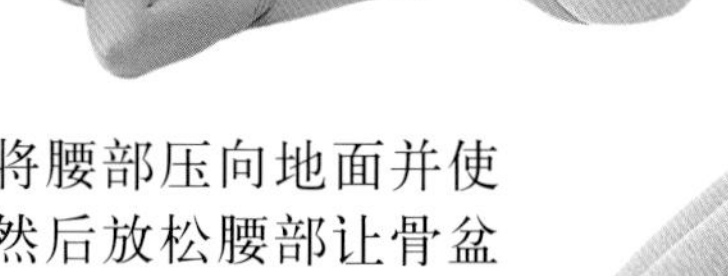

1 仰卧，膝盖弯曲，双脚着地。

2 收紧腹部和臀部肌肉，将腰部压向地面并使骨盆向前上稍微翘起。然后放松腰部让骨盆放下。重复10次，做3组。

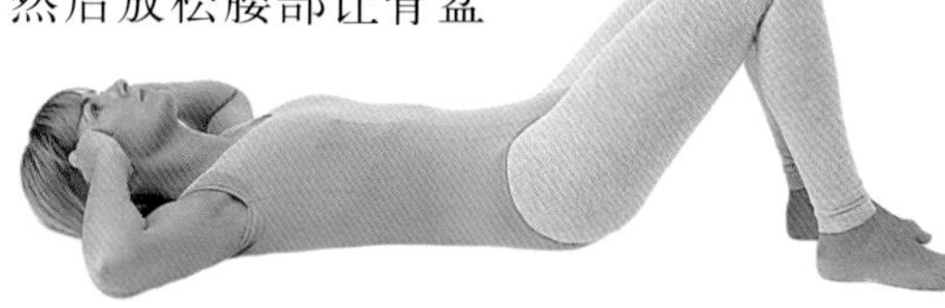

腹部收紧

这个练习锻炼横跨腹部的腹横肌，其作用就像一个束腹带。你做得越多，腹部就变得越平坦。

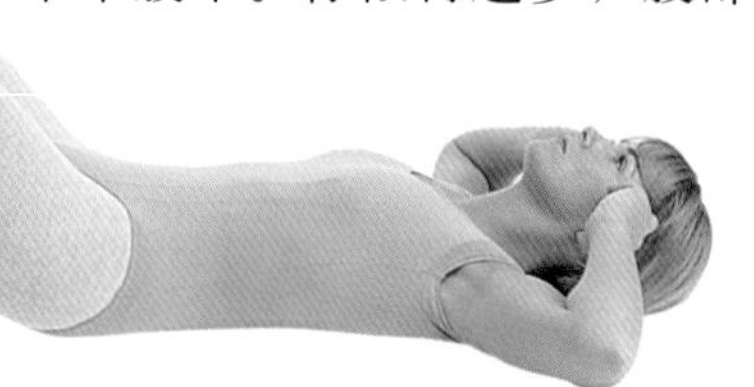

1 仰卧，膝盖弯曲，双脚着地。腹肌放松，腰部放松着地。

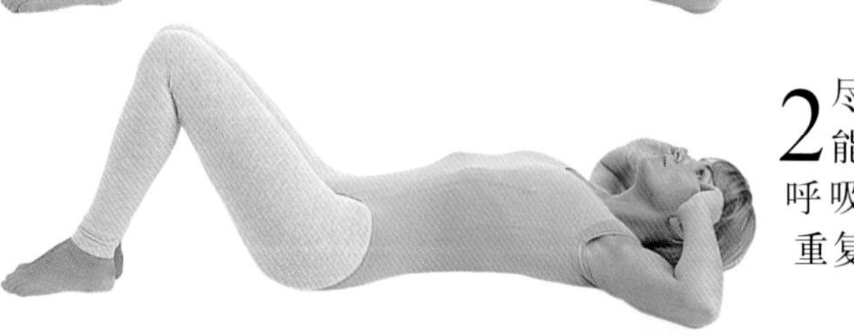

2 尽可能收紧腹部并尽可能坚持住，但不要屏住呼吸。完成后放松腹肌。重复10次，做3组。

做好仰卧起坐的准备

准备做仰卧起坐时，仰卧，膝盖弯曲，双脚着地。放松腹部和腰部，将头抬离地面。用两指感觉脐周的裂隙。如果裂隙宽于两指，继续做第76页上的两个练习和骨盆底肌肉练习（见第92页）。经常检查裂隙宽度，监测腹肌的恢复情况，这样你就会知道何时安全地开始更难的腹肌练习。

基本的仰卧起坐

腹肌间的裂隙窄于两指时，试着做仰卧起坐，这是骨盆上抬腹部收紧与头肩部抬起相结合的动作。如果你做这个练习时不能坚持住将腹部向内收紧，那么继续做骨盆上抬和腹部收紧练习直到肌肉变得更强壮。仰卧起坐一定要做得正确，否则毫无意义，因为做得不正确实际上会使你的腹部更凸起。当然，在做仰卧起坐时过剩的皮肤和脂肪会呈穹隆状凸起。但最重要的是收紧腹部的肌肉然后放松。如果你无法阻止腹部穹隆状凸起，而你确定肌肉已开始运动，那么可能是抬太高了。

1 仰卧，膝盖弯曲，双脚着地，膝盖和双脚分开同肩宽。骨盆底肌肉收紧（见第92页）并将手置于两侧。

2 将头部和肩部抬起离开地面时尽可能收紧腹部，这样手就移向脚后跟。挤压腹部肌肉让腹部收紧。看着天花板并伸直脖子，想象下巴下面夹着一个橙子。上抬时呼气，放下时吸气。重复10次、20次或30次。每次之间保持头部抬着。为加强难度，试着将手放在鬓角两侧。上抬时让肘部保持后位（看不见肘部）。稍微抬高些，仍然挤压腹部肌肉，保持腹部平坦。

仰卧起坐

一旦你能做手放在鬓角两侧的仰卧起坐20次，你就可以进一步锻炼腹部。做大量的仰卧起坐运动，让你的腹肌一块块凸显出来。仰卧起坐运动是所有腹肌运动的基础。

下一步是开始以不同的方式锻炼腹直肌。但你必须继续做仰卧起坐、骨盆上抬和腹部收紧运动。目标是每日每种练习做 3 套，每套10次。记住，你完成腹部增强运动之后，做第56页上的腹部伸展练习来伸展肌肉（第四步）。下面的练习锻炼腹直肌下部，对帮助纠正怀孕引起的背部凹陷是极为重要的。

膝部转动

1 仰卧，膝盖弯曲，双脚着地。手分开置于两侧呈T字型支撑。骨盆底肌肉收紧（见第92页）并收紧腹部。

2 收腹同时将膝部压低缓慢地移向一侧，然后是另一侧。这是个缓慢控制的动作。如果你无法把你的双膝一直压低至地面，在你的髋部一侧使用一个垫子。压低腿部时呼气，抬起时吸气。如欲增加难度，可以抬起脚让双膝在髋部的正上方，然后从这个位置将双膝压低至地面，保持收腹。

反向屈体

1 仰卧，手置于两侧或头上。屈膝抬脚，让大腿与髋部垂直并收紧腹部。

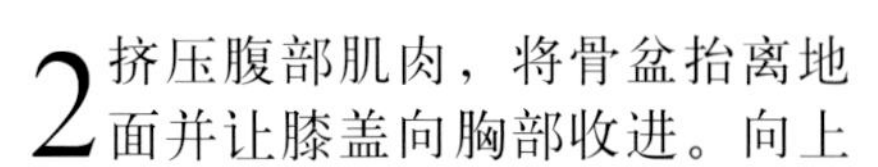

2 挤压腹部肌肉，将骨盆抬离地面并让膝盖向胸部收进。向上抬起时呼气，放下时吸气。这是一个低强度的运动，骨盆只要抬起几厘米。不要左右摆动髋部或用力转动骨盆。

进一步的反向屈体

你能做3组10次的反向屈体运动时，进一步伸直腿，保持膝盖放松。然后挤压腹部肌肉将骨盆抬离地面。感到下腹部肌肉收缩，不要使用臀部和腿部的肌肉。

两端的屈体练习

这个练习将仰卧起坐和反向屈体结合起来。做这个动作时重点在收紧腹部。

1 仰卧，双膝举高于臀部的正上方并将手指向你的鬓角。骨盆底肌肉上提（见第92页）并收紧腹部。

2 收紧上腹部和下腹部的肌肉，抬起头部、肩膀和骨盆，让它们同时离地。收紧时呼气，展开时吸气。始终保持收腹并保持肘部向后。

4

锻炼腹斜肌

为了使腹部平坦，你必须在锻炼腹直肌和腹横肌的同时锻炼腹部侧面的肌肉——腹斜肌。你转动躯干时，主要使用腹斜肌。腹斜肌牵拉纤维带，后者在怀孕时扩展并将腹直肌分开。因此，过早锻炼腹斜肌，实际上可能减慢腹直肌的闭合，在裂口已闭合剩两指宽（见第74页）之前不要做这些练习。

交叉运动

1 仰卧，膝部弯曲，双脚平放在地，双膝和双脚分开同臀宽，往上收紧骨盆底肌肉（见第92页），同时收腹。

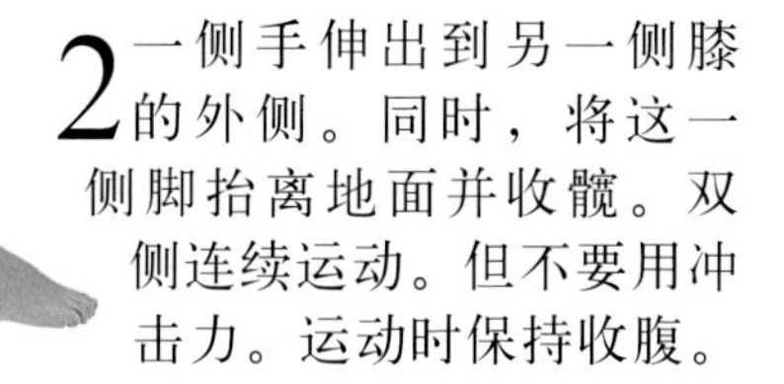

2 一侧手伸出到另一侧膝的外侧。同时，将这一侧脚抬离地面并收髋。双侧连续运动。但不要用冲击力。运动时保持收腹。

双侧伸手运动

1 像做基本的仰卧起坐那样仰卧（见第77页），双手放在身体两侧，上抬骨盆底肌肉（见第92页）并收腹。

2 一侧伸手试着到达右侧的脚趾然后是左侧的脚趾。你可能需要用另一侧空闲的手支撑头部，以避免颈部紧张。伸手时呼气并收腹。不要太快。

翘椅收腹运动

下一个练习锻炼腹斜肌，但在你能做2组10次的翘椅收腹运动（锻炼腹直肌的运动）之前不要尝试它。腿部的支撑有助于腹部锻炼并阻止你使用腰背部或臀部肌肉上抬身体。

1 将小腿分开同臀宽，放在椅子上并将臀部靠近椅子，这样膝部和臀部均成直角。将手放在鬓角两侧，收紧骨盆底肌肉并收腹。

2 抬起头和肩膀，保持颈部伸长并尽你所能收缩腹部肌肉。上抬时呼气，放下时吸气。在每次之间不要让头触及地面。

侧身翘椅收腹运动

开始时同前一个练习。当你引体向上并扭转时收腹，好像试着用对侧的肩膀去触及膝部。保持肘部向后并保持动作缓慢受控制，不要使用冲击力。抬起时呼气，放下时吸气。

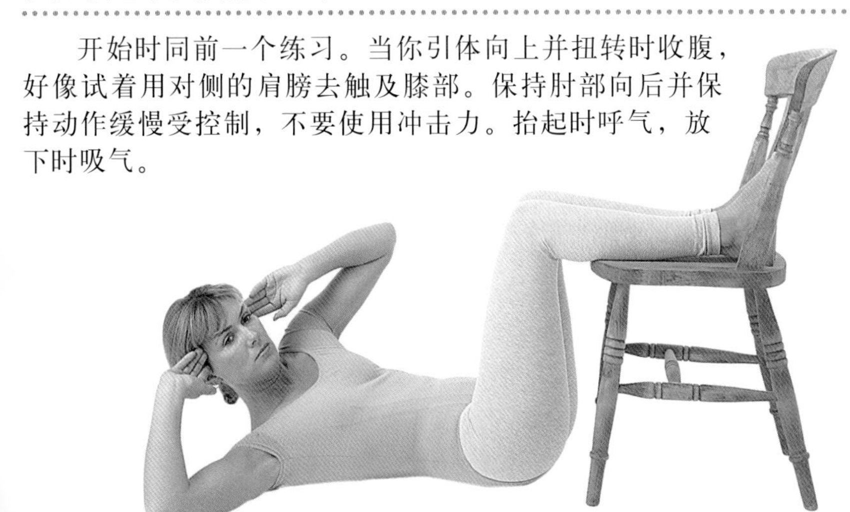

更多的腹部运动

当你能轻松地做两组10次的所有上述练习时（不必在同一时间做），可以通过变换腹部的动作以免厌倦。当你需要变化时试试下列练习：

触脚运动

这个练习锻炼腹直肌的中段。

1 仰卧，伸腿在臀部正上方，膝部放松。上抬骨盆底肌肉（见第92页）并收腹，上举双臂。

2 保持正确的收腹状态，抬起头和肩膀，这样手能触及足部或小腿。上抬时呼气。保持颈部伸长并收腹，有助于完成这个动作。不要转动肩部。

风车运动

这个练习锻炼腹斜肌。

1 仰卧，双腿分开，以舒适为度。保持膝部放松。上抬骨盆底肌肉（见第92页）并收腹。

2 收紧腹部，扭转一定角度抬起头部和肩部，用一侧手去触及另一侧脚或小腿，然后换一侧做同样的动作。上抬时呼气。控制你的动作，不要用冲击力。

双手穿腿运动

这个练习锻炼腹直肌的中段。

1 与前一个练习采用同样的姿势。

2 收紧腹部并弯起你的头和肩部，当你抬起时双手能在肩部水平穿过双腿之间。抬起时呼气。控制住动作并保持颈部伸长。在每次之间不要完全躺下。这是一个脉冲式练习。

避免颈部扭伤

锻炼腹部时颈部扭伤很常见。这是因为上抬的高度超过腹肌所能达到的范围。使用收紧腹肌的方法抬起只要几厘米，并保持颈部放松。将头枕在双手上，双手只需承重，不要用力。每次之间不要把头放低至地面。每组运动之间转动你的头部。

腹部锻炼的新观点

过去的20年间，运动专家已否定了双脚伸直在地的仰卧起坐，因为这样施压在脊柱的最下一个生理弯曲处（骶曲），会导致下背部的问题。目前腹部训练方法强调上抬骨盆，腰部压向地面以保持腰部平坦的重要性。但是，理疗专家和骨科专家正注意到腹部锻炼时由于过度的骨盆上抬引起的腰背痛。

针对这一现象，专家现在建议仰卧起坐应该伸腿做但要抬离地15厘米。这个方法据说能保护脊柱的自然弯曲，也能减轻骨盆底肌肉的压力——妇女产后体型恢复的意外收获。

刚生孩子的妇女需要做骨盆上抬运动，逆转由怀孕引起的腰部过分弯曲。但一旦腹部和腰背部肌肉变得更强壮，试着做双腿伸直并架在矮箱子或书堆上的仰卧起坐。

腰背部、颈部和肩部运动

你看不见自己的腰背并不意味着你可以忽视它。增强腰背并增加它的活动性对你的姿势有意想不到的效果，将改善你的体型。所有这些练习都会减少产后的腰背部不适。下面介绍三个简单的能增强腰背部主要肌群力量的练习。但在开始腰背部练习前，最好用小幅度活动以增加柔韧性。

完美的姿势

对于腰背部最重要的事是开始随时注意你的姿势。站立时，尽量将体重平均分配在两条腿上，往前倾重量落在拇趾球上。膝部放松，提臀收腹。腰部以上伸展挺胸展开双肩，抬头。当你行走时，伸展腰部以上，挺胸并保持肩膀向后。

腰背保健要领

- ■不要老躺在床上。
- ■多做冲击力低的运动，如游泳。
- ■每次运动要注意纠正姿势。
- ■步行，不要快跑。快跑可加重腰背痛。
- ■床垫要硬。
- ■鞋要合脚。

活动颈部

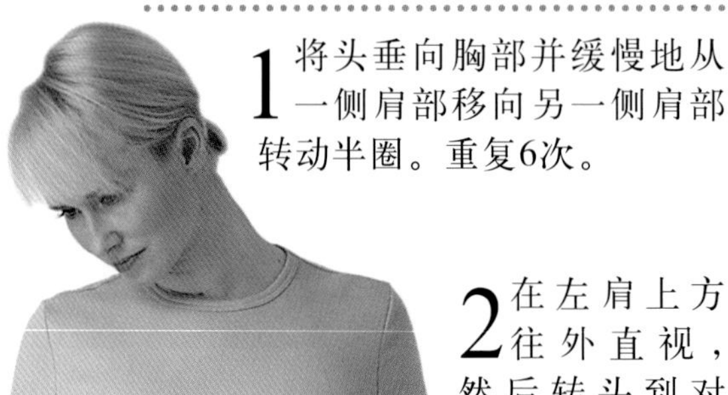

1 将头垂向胸部并缓慢地从一侧肩部移向另一侧肩部转动半圈。重复6次。

2 在左肩上方往外直视，然后转头到对侧。重复6次。

3 尽量将头歪向一侧，保持对侧肩膀向下。然后做另一侧。重复6次。

活动肩部

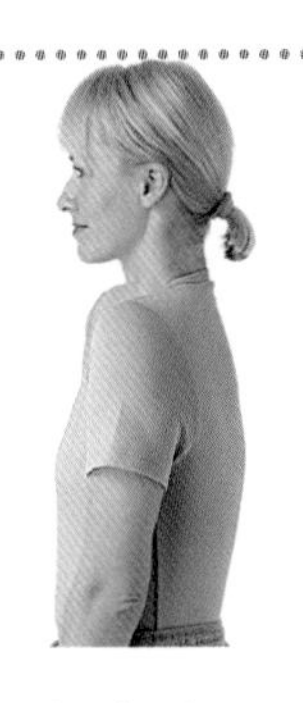

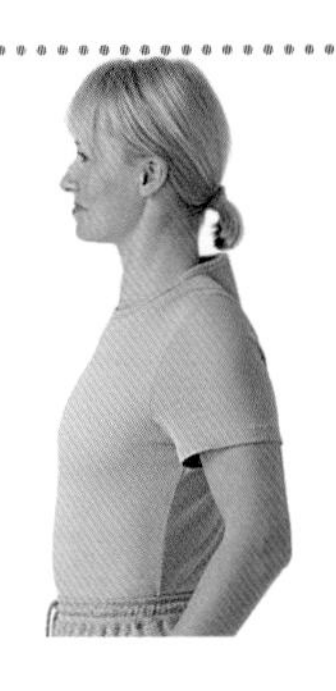

1 尽可能高地抬起肩膀。尽量靠近耳朵。然后放下，重复至少6次。

2 抬起肩膀至耳部，并以大圈子缓慢向前转动它们，重复6次。

3 然后向后转动至少6次。

活动臀部和骨盆

1 分腿站立同臀宽，收紧腹部并翘起骨盆。增大动作，这样你的髋部被推向前。

3 翘起骨盆站立，基本上是第76页上卧位时的变形。将臀部先于背部推向外。

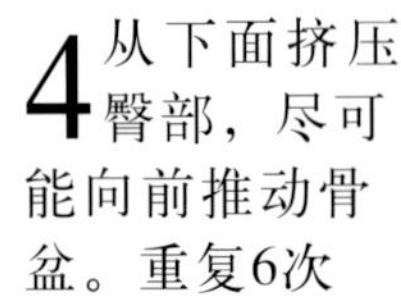

2 将双臀转向一侧，旋转背部，使腰部弓起并转向另一侧，最后回到开始的地方。加快速度让臀部转圈。重复6次，然后反向转圈。

4 从下面挤压臀部，尽可能向前推动骨盆。重复6次

背部增强运动

下面这三个练习锻炼所有主要的背部肌群。不要忘了提高臀部肌肉的力量也很重要（见第66页）。强壮的臀肌为背部的强壮提供坚实的基础。

侧面拉下运动

这个练习锻炼背部两侧向下走行的一对肌肉，即背阔肌。你需要一个弹力绳为这些肌肉提供阻力，更有效地锻炼。

1 双脚分开同臀宽，面向前站立，膝部放松，骨盆底肌肉抬高并收腹挺胸。双手握着弹力绳在头顶上展开，肘部放松，试着将弹力绳的两端各三分之一握在手中，手指朝前。

2 拉伸弹力绳并在脑后放下。你的前臂应该差不多呈垂直状态。拉下时呼气。重复1—2组。为加大难度，将弹力绳缩短一半，这样更难拉。

健身馆中的下拉运动

你也能在健身馆的下拉器械上做这个练习并增加重量。手分开握着横条，手指向前，这样当你将它在你脑后拉下时，前臂是垂直的。整个练习中保持背部伸直，伸出手臂使横条复原时保持肘部放松。

背部伸展运动

这个练习锻炼伸展背部的肌肉。

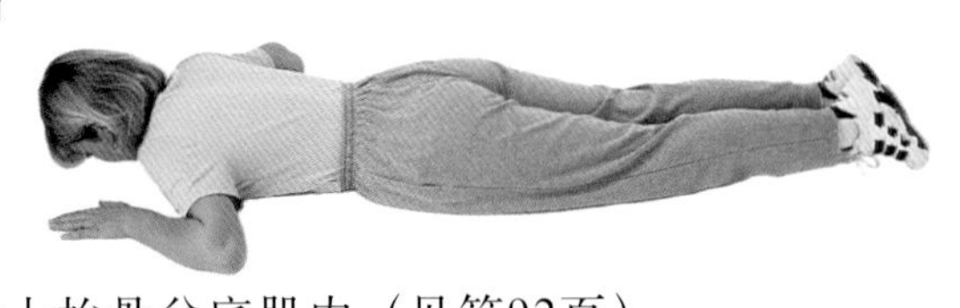

1 俯卧，双腿并拢，双手放在头部旁。头部应该保持面朝下。收腹并上抬骨盆底肌肉（见第92页）。

2 用下背部肌肉将头和肩抬离地面几厘米，并用双手支撑自己。保持头部面朝下，这样颈部与背部保持一条直线而且双脚保持不动。抬起时呼气。当你抬起时试着伸长背部。目标是6次，然后休息一下。逐渐增加至10次，做两组，中间休息一下。

3 一旦你能做10次的两组，试着做不要用手支撑的练习。保持头向下，抬起双手和上身。逐渐增加至10次的两组，中间休息一下。当你完成后，抬起双手和双膝让背部突出并且将臀部推回到双侧脚后跟正上方。

4

面朝下的飞翔运动

这个练习锻炼双肩之间的三角形肌肉，即斜方肌。使用很轻的哑铃增加效果。

1 俯卧，双手伸出于两侧。保持面部向下收腹，骨盆底肌肉上抬。

2 将双手抬离地面两三厘米，将肩胛骨挤压到一起。抬臂时呼气。这是一个难做的动作并且在你习惯之前会感到十分不舒服。

背部伸展运动

在做完背部增强练习后，有一些特殊的放松脊柱的背部伸展运动。这些伸展动作也能减轻腰背痛。其他的伸展运动如上身伸展会改善背部的柔韧性并让其感觉更舒适，你能在第53页找到。还要记住，如果你到目前为止一直是惯于久坐的，那么有可能还需要伸展胸部肌肉和臀部屈肌（见第55页）。

抱膝摇摆

1 这个练习帮助逆转由怀孕引起的背部凹陷。背部着地躺下并将膝部抱至胸部。

2 灵活地移动膝部靠近胸部，然后离开胸部，这样你就以臀部着地摇摆。这个动作应该感觉很流畅。

猫式伸展

1 起身以双手和双膝着地。尽你所能使背部呈弧形，尽量收腹。骶部收紧并让头低垂，感到背部完全伸展。

2 放松身体中部，使背部松弛。然后再拉紧。只要愿意，可重复多次。

体内问题

支撑内脏器官的骨盆底肌肉在怀孕时被拉伸并可能在生育时受损。你能通过锻炼完全恢复骨盆底肌肉。锻炼这些肌肉从长远来说是很重要的，因为年龄增长和更年期会进一步削弱它们。你必须有耐心并坚持锻炼计划，大约要花3个月时间才会改善。

其他的产后问题包括外科操作如会阴切开和剖宫产的后期影响。这些会使产后康复变得困难些，但特殊护理不会妨碍你遵循健康锻炼计划。

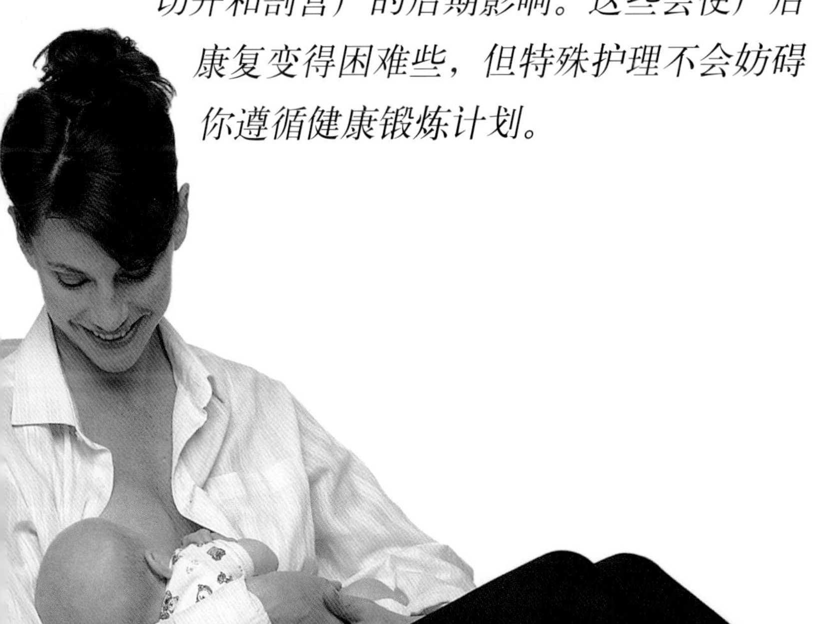

骨盆底肌肉

骨盆底肌肉就像一个吊床一样在下面支撑着膀胱、子宫、直肠等腹部器官。怀孕过程中，骨盆底肌肉被严重拉伸，一方面由于子宫中胎儿的重量，另一方面由于怀孕过程中释放的激素使全身肌肉比平时更有弹性。正常的阴道分娩进一步拉伸骨盆底肌肉，特别是如果婴儿的头很大，可能造成阴道挫伤和撕裂，也可能造成支配肌肉的神经损伤。此外，如果你超重，额外的重量进一步加重骨盆底肌肉的紧张度。

骨盆底肌肉在哪里

骨盆底肌肉从身体前面的耻骨延伸到后面的尾骨（脊柱尾部最尖端）。这些肌肉包绕着膀胱颈部、尿道、直肠口和阴道口。

当骨盆底肌肉有力时，“吊床”就更像一个坚实厚重的床垫强有力地支撑着你的内脏器官。但肌肉无力时，就变薄、变弱并下垂，像一个松垮的床垫。

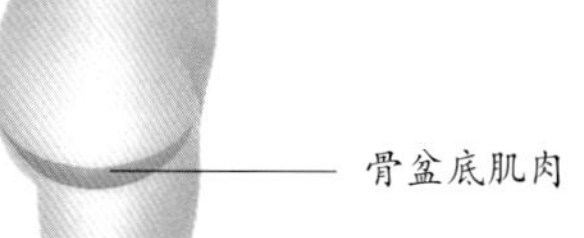

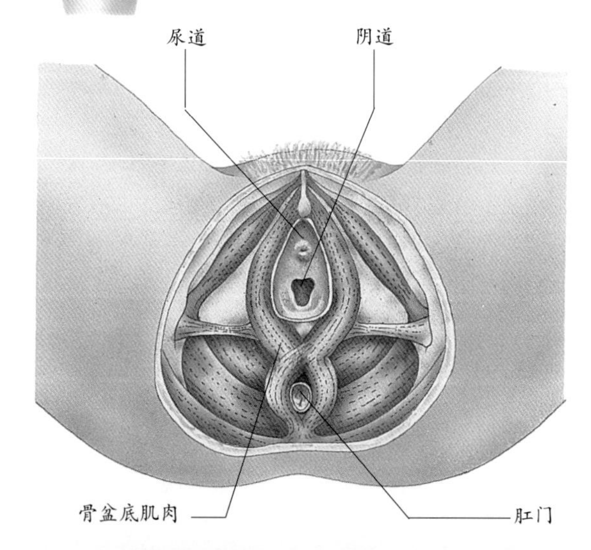

改善性生活

骨盆底肌肉除了起支撑作用还参与性功能。增强骨盆底肌肉的控制可以提高兴奋性，甚至可以帮助那些从未获得性高潮的妇女达到性高潮。增强这些肌肉可以改善你和丈夫的性生活。

减少紧张

尽量使肠道通畅，便秘会增加骨盆底肌肉的压力。确保你的饮食中包含大量的水分、全谷、水果和蔬菜，这样你就可以避免发生便秘。

增强骨盆底肌肉

肌肉只要不使用就会萎缩，只要不断使用就会强壮。你可以锻炼你的骨盆底肌肉，就像身体的其他肌肉一样，骨盆底肌肉通过锻炼也会变得强壮。

如果不加强骨盆底肌肉，在产后或以后的绝经期肌肉普遍松弛时，很可能出现子宫或直肠脱垂。也可能发生便秘现象。

其他形式的锻炼，特别是腹部锻炼，也可能有助于增强这些肌肉，还对减轻体重有帮助。生孩子后，首要任务是锻炼骨盆底肌肉。即使你打算要另一个孩子，也不要推迟锻炼。你的肌肉现在恢复得越好，下一次生育后它们的状况就越好。

紧张性尿失禁

薄弱的骨盆底肌肉不能支撑膀胱括约肌而导致紧张性尿失禁。当突然的运动挤压膀胱时，膀胱的尿液会外漏。

■在5个妇女中就有一个患紧张性尿失禁，这常令人难堪。

■某些妇女每天使用卫生护垫只是为了吸收当她们笑、咳嗽、打喷嚏、跳跃和举重物时渗漏的尿液。

■许多妇女愿意参加锻炼课程，但因为担心紧张性尿失禁而不敢外出。

骨盆底肌肉运动

你可以通过下面这个极为有效的练习恢复生育带来的骨盆底肌肉损伤，只要你坚持不懈地做，有望治愈紧张性便秘并增强性欲。

骨盆上抬运动

这一动作是所有骨盆底练习的基础。它是一个骨盆底肌肉的简单收缩动作。

1 躺下，双侧足底平放在地，双膝分开。

2 就像你正拼命阻止排尿和排气那样挤压，感到尿道和阴道周围的肌肉收缩。这些肌肉都附着在骨盆底部，当你挤压时上抬。想象有一根细绳从你的阴道和肛门间的一点往身体上方拉，将绳子垂直向上拉紧。

变化形式

做不同位置的上提运动。这使肌肉获得大范围的运动。脚分开站立，使肌肉有些阻力。

- 躺着，腿抬高。
- 侧卧。
- 坐位。
- 站立位。

完成一次有效的挤压

骨盆上抬最重要的是不要屏住呼吸，也不要在做这个动作时，收缩腹肌、臀肌或大腿肌肉。你可以插一个手指进阴道，体验骨盆底肌肉的收缩、挤压。或者使用一面镜子可以看见阴道闭合而且阴道和肛门之间的部位上抬。

锻炼的持续时间和频度

目标是尽可能最强地挤压并坚持至少2秒钟，逐渐增加至5秒钟。休息时间相同。随着你的进步，增加挤压的力量。你正锻炼的这些肌肉很容易疲劳，因此开始时不要坚持挤压太久，只要注意每次挤压尽可能用劲。试着做6次的一组，这需要1分钟。当你有力时，尽可能经常做6次一组的练习。

锻炼的肌肉错了

有些妇女发现很难锻炼骨盆底肌肉。如果两三周后你手指插入阴道仍未感觉到被挤压，那么你就要去看医生，因为你锻炼的肌肉不正确。

少做但常做

最重要的是尽可能常做成组的练习，至少一天10次。这只需10分钟。当你的肌肉有力后，目标是一天15—30次。让这种练习成为每日常规，刷牙时、排尿后、洗碗时、看电视或排队时随时做。记住，你做的没有人会看见。每小时准点做，或在房中放标签提醒自己做。你必须每天做15组，至少坚持3个月。你每次可以做更长（挤压超过10秒钟），也可以做更短时间。看看你能做几下，然后试着打破你的记录。你甚至能在性交时做，你丈夫也许会喜欢。但记住你必须不断增加挤压强度。你的肌肉更有力时，必须更强地锻炼才能获益。

体重和锻炼

不要忘记，减去过多的体重可以减轻骨盆底肌肉上的压力。如果你已经开始做其他形式的运动，你必须在做每个动作期间上抬骨盆底肌肉。当你做像仰卧起坐之类的动作时，这样做会保护骨盆底肌肉。不要在参加健身操课程前做骨盆底肌肉练习，因为它们会疲劳，使你移动时不能抬高它们。并且试着无论你在提重物或打喷嚏、咳嗽时，都收紧骨盆底肌肉。

保持骨盆底肌肉的良好状态

重新获得你全部的骨盆底肌肉力量可能需要2—6个月。但是一旦你对你的进步满意时，你可以减少练习，通过今后每天5分钟有质量的骨盆上抬运动，你能保持你已经获得的力量——为了你未来的生活。

性健康

有规律地锻炼并做骨盆底肌肉练习，可以增加你的性欲。但是，许多妇女在生完孩子后几周或者几个月后并没有性欲，她们还担心以后永远不会再过幸福的性生活。在生完孩子后多长时间后你才会有性欲是完全因人而异的。

什么时候开始恢复性生活

很少妇女在生完孩子几天后就开始恢复性生活。你当然没有必要等到孩子出生后6—8周进行产后体格检查，医生允许后你才进行性生活。然而有的新妈妈却完全对性没有兴趣，并且在2—3个月甚至更长时间内避免进行性生活。你可能仅仅感到疲倦，或者可能全神贯注于你的孩子，感到你的身心沉浸于母爱，对性的感觉消失得无影无踪。你也可能在生完孩子后对你的体型感到羞愧，害怕进行性生活时会感到疼痛也是普遍的现象。或者你可能仍然感到产后疼痛，特别是这种疼痛难以治疗时——例如进行外阴切开术或剖宫产术后（参见第98—100页）。

分娩的冲击

许多妇女在生完孩子后对分娩感到身体上和心理上的冲击，之后她们更需要柔情和舒适而不是性。性生活使她们回想起在医院生孩子时医务人员对她们操作时的疼痛。这使得她们对性生活没有兴趣。许多男人在妻子生完孩子后特别是在目击了分娩过程后，担心伤害她。或者，他可能把妻子视为一个母亲而不是一个性感的女人。

探讨问题

和你的丈夫探讨，告诉他你对恢复性生活的感受是重要的，如果你还没有准备好的话，告诉他你的感受有助于他的理解。你可以尝试其他形式身体上的亲密接触（参见下一页）。也可能你已经准备好开始恢复性生活却担心你的丈夫不热情，这可能导致你觉得自己的吸引力下降。记住，沟通是使感情更加亲密的关键所在。

5

适应身体上的变化

在生完孩子后，你的身体将会产生变化——其中包括阴道的形状，因此如果你要享受快乐的性生活，你得适应新的做爱技巧——正如你在怀孕时一样。平躺着做爱可能并不舒服，你可能更倾向于女上位，这样你可以更好地控制角度和插入程度。

在生完孩子后，你的阴道容易受到损害，因为它会变得干燥。由于雌激素水平低，润滑作用不足，干燥的阴道会导致插入疼痛。如果想进行阴茎插入，必须在插入前进行充分的拥抱、接吻、抚摸身体和刺激阴蒂，使阴道润滑。也可以使用润滑剂。

长时间的疼痛

如果生完孩子数周后做爱依然疼痛，你要去看医生；你的身体内部可能存在问题需要治疗。如果在生完孩子后几个月后依然没有兴趣做爱，你也可以请教你的医生。有时，没有兴趣做爱可能是抑郁症的一种症状(参见第108页)。

亲密接触

性生活并不仅仅局限于性交。如果你不想阴茎插入，还有许多其他方法，例如用手和口可以使双方都感到快乐。或者，你可以仅在床上身体拥抱而不进行性交。

把你的感受告诉丈夫，什么样使你感觉良好，什么样使你感觉不好，什么是你想要的，什么是你不想要的。否则的话，他会感到困惑，觉得自己不受重视，妒忌你把所有注意力都放在孩子身上。

孩子会妨碍你的性生活，他会在你们准备做爱时醒过来。因此，预先把孩子喂饱能够给你空闲的机会。如果你采用母乳喂养的话，喂奶将使你觉得更加轻松。满胀的乳房易触痛并且会渗漏出乳汁来，在你做爱到性高潮时乳汁还会喷射出来。

特殊病症

怀孕与分娩可能导致一系列影响日常生活甚至在某些时候会妨碍锻炼的医学问题。如果你分娩困难的话，特别是在你失血过多情况下，你在产后更可能感到疲惫。你可能需要摄入额外的铁（参见第34页）。偶尔，子宫在产后不能收缩而依然出血。按摩腹部和宝宝吸吮乳房将会促进宫缩素的产生，这有助于子宫收缩。任何残留在宫腔内的胎盘残留物都必须在麻醉状态下取出。

腰背痛和头痛

将近一半的新妈妈将会受到腰背部疼痛的影响，特别是硬膜外麻醉者更普遍。有时硬膜外麻醉后的妇女会出现头痛、偏头痛或颈部疼痛，可能持续几个月或者更长时间。对腰背部疼痛，最好是改善姿势和参加更多的锻炼（参见第11页），但是要避免进行有氧锻炼，快速、低质量的运动和碰撞会加重原先就存在的腰背部疼痛。

锻炼能使大脑获得新鲜的富含氧分的血液，常可缓解头痛。有时锻炼会加重头痛。你不得不面对它。如果你患头痛必须服用去痛片，那么应该在一感觉到头痛时就服用。

耻骨联合功能失调

行走困难，出现像鸭子一样的步态，当你抬腿爬楼梯、上床或者穿衣服时感到阴部剧烈疼痛，并且可以听到骨盆的“咔哒”声和摩擦声，这些都是耻骨联合功能失调（SPD）的一系列症状。如果骨盆骨头过度变宽分离，这种情况可能在怀孕期间、分娩时或者在分娩后出现。可以通过超声、X线或磁共振来诊断。

你将需要卧床休息、镇痛治疗和理疗，这些将有助于哺乳和改善你的体型。一旦你准备下床行走，你可能需要器械帮助（例如手杖或者一个加高了的马桶座圈）和家庭帮助。如果你已经遭受耻骨联合功能失调带来的疼痛和不适，那么你应该：

■不要携带或者拾捡重物，除非你的医生允许。

■避免跨骑、叉腿运动（侧身腿部运动）。

■绝对不要单腿站立（例如穿衣服时）。

在进行任何运动前向医生咨询。渐渐地开始运动，一旦你感到疼痛就要停止运动。不要进行蛙泳，以免加重耻骨联合功能失调。

糖尿病

一些妇女在怀孕时出现糖尿病，而在生完孩子后这种糖尿病就消失了——妊娠期糖尿病。糖尿病是一种由于缺乏足够的胰岛素来控制血糖而导致的疾病。这种疾病可以通过减少糖分的摄入来控制，但是注射胰岛素也可能是必须的。糖尿病的症状包括口渴、多尿等。在怀孕期间如果糖尿病没有被控制，可能会导致胎儿先天畸形和高血压，使胎儿处于危险之中。妊娠期糖尿病可以通过常规检查发现，它需要仔细地治疗。即使妊娠期糖尿病已经消失，你仍然必须控制体重和糖分摄入，因为在10年内你仍然存在着发展成为真正糖尿病的危险。因此，你应该每年做一次糖耐量试验。

乳头皲裂

皲裂的乳头可能会使人感到非常疼痛，你可能在一段时间内需要手工挤出乳汁来哺乳。金盏草霜可以减轻疼痛，乳头护罩可以保护乳头不受摩擦。皲裂的乳头或者堵塞的输乳管会导致感染——经常是由于不合体的乳罩压迫乳房而引起，引发乳腺炎。

乳腺炎

乳腺炎是一种会导致发烧、乳房红肿和疼痛的乳房炎症。多摄入液体以促进乳汁分泌，经常哺乳孩子（你的孩子不会被感染，因为在乳汁中存在特殊的抗体），并且要多休息。你可能需要抗生素治疗。

剖宫产术后

现在由于医生更倾向避免困难的阴道分娩，剖宫产术的数量在不断增长。剖宫产术是一种较大的手术，它需要长达6个月的时间才会完全恢复。一旦麻醉药的作用逐渐消退，你将会感到疼痛，疼痛会在几天后逐渐消失。尽管你可能不喜欢，你应该尽快下床走动。早期下床走动有助于伤口愈合，并且能够防止腿部血栓形成。你可以先开始移动你的腿部而后在别人帮助下下床，以便尽早走动。尽管你大部分时间仍然需要在床上休息，你必须每天下床走动，尽可能直地站起来。

拆线

缝线或线夹在1周左右被去除。随着伤口的愈合，它会变得非常痒，这使你感到非常不愉快。金盏草霜可以减轻这种症状。伤口将会在11周后完全愈合。大约1年后伤疤将会软化，渐渐消失。

困惑的感情

许多妇女在剖宫产术后会心情矛盾，她们开始可能高兴地拥有了一个健康的孩子，但是在剖宫产术后感到心情抑郁是普遍现象，这常常发生于术后第三天或者第四天，因此这可能和产后抑郁巧合，许多心理学家甚至相信剖宫产术会从情绪上危害婴儿——部分原因是母亲在麻醉后昏昏欲睡，而且这会妨碍早期母子亲近，这也部分导致随后发生的抑郁。

抑郁会随着身体疼痛不适、无法走动和失败的感觉而加重，剖宫产术后的妇女经常会觉得她们不能成功地自然或正确地分娩，她们也经常对自己需要剖宫产术而生气。

第二次剖宫产

经历了一次剖宫产并不意味着如果你再生一个孩子必须再进行一次剖宫产术，但是这取决于你第一次剖宫产的原因。如果你的骨盆比正常小，那么你很可能需要用同样的方式生下另一个孩子。如果没有医学理由支持你做第二次剖宫产术，你很可能被允许尝试阴道分娩。但是你的分娩过程将要被严密观察，以确定你的子宫是否可以承受张力。

并发症

外科并发症也可能会发生，如出血、膀胱或肠道损伤；还有一些术后问题，例如伤口感染。这些现象都是常见的，有可能在分娩后就发生或者在分娩后数周发生。伤口可能变得红肿触痛，可能会有脓液渗出，也可能会出现发热。你必须服用抗生素，有时伤口需要重新缝合。

你可能会发现哺乳时很难觉得舒服，许多妇女更喜欢侧躺。在产后6—8周内你不应该做太多事情，在你的身体恢复前不能激烈活动，这是非常重要的。外科切口将腹部肌肉切开，这需要一段时间来恢复。你的腹部可能在一个月或者更长的时间内感到触痛，这会使你不愿意过性生活。

剖宫产术后锻炼

剖宫产术后需经几个月才能开始锻炼。然而，你可以做一些事情来加快身体恢复。

■马上开始行走。

■总是笔直站立。

■不要弯曲以避免压迫伤口。

■开始进行骨盆底肌肉锻炼、骨盆倾斜运动、收腹运动。

■请医生检查确定何时可以安全地锻炼。

■锻炼开始时要坚持动作轻柔，不要做仰卧起坐，除非这样运动会使你感觉舒服。

■至少在产后头3个月内不要提任何重物。

在你有一个小宝贝需要照顾后，抬举东西是不可避免的，然而你可以制定一些计划来使你尽可能少地弯曲或者伸展，例如你可以准备一张可以调节高度到腰部的台子。

外阴切开术后

阴道撕裂是自然生育的一种冒险，它可以很容易愈合。但是许多产科医师对产妇实施外阴切开术——一种在会阴部从阴道后壁往直肠或者侧边切开的外科切开术，这样可以避免阴道撕裂。

缝线问题

外阴切开术是一种引起产后疼痛不适的主要原因。缝线疼痛一般在产后10天内消失，但也有例外。伤口感染也可能发生。许多妇女觉得被缝合得过紧，一些妇女直到产后12周仍然觉得会阴部疼痛。

减少不适

在产后早期，你可能担心排便会把外阴切口撕开，为了避免感染，可以采取如下措施：

■在放松骨盆底肌肉时用手支撑会阴部。

■仔细清洁是重要的——一天两次用清水清洗这个部位，用电吹风（弱挡）吹干。

■穿不会引起摩擦的衣服。

■坐在橡皮圈上以减少压力，使用冰块以缓解疼痛。

■进行骨盆底肌肉锻炼可以加快血液供应，有助于伤口愈合。

■你可能长达6个月不愿意进行性生活。当你做爱时，可以用杏仁油涂抹外阴来润滑，并且避免平躺着做爱，你将发现女上位或侧位会使你感到更加舒适。

产科医生会从阴道口（后壁）向肛门或侧向做一切口

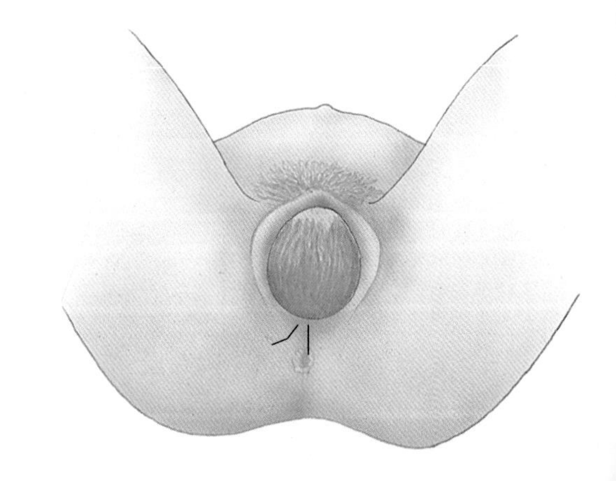

情感适应

为人之母带来巨大的幸福，但同时也伴随着压力，许多妈妈常常觉得难以胜任，得守在家里，并且经常感觉很疲倦。一部分的妈妈很快就过了这一关，但是大部分的人觉得情绪不稳定，时不时感到不高兴，少数的人甚至长时间的情绪低落。锻炼的好处之一就是能改善心情。对于长期的抑郁症，应进行有规律的锻炼。所以在照顾你宝宝的同时，也应关心你自身，如果你觉得情绪低落，可以寻求朋友、亲人和专家的帮助。

产后的心情

刚刚分娩后，你可能会觉得很兴奋，并且会持续一段时间，但是几天后，你可能会突然觉得情绪低落，并且常常会没有原因的泪流满面。这种情绪的改变，称为产后抑郁。

激素水平的改变

产后抑郁常常在产后10天内发生，表现为几乎任何事都引起剧烈的情绪波动和哭泣。通常的解释为产后激素水平的急剧降低引起的。

高水平的雌激素伴随着高水平的内啡肽，后者是人体天然的保持好心情的激素——雌激素在怀孕时剧增，因此许多妇女在怀孕中晚期心情特好，可以说是她一生中心情最好的阶段。

雌激素、孕激素和其他与生殖相关的激素在胎儿娩出和胎盘排出后48小时内急剧降低。只要你是全母乳喂养，雌激素水平仍保持较低，但是一旦你停止母乳喂养或开始混合喂养，那么这些激素水平又开始升高。

产后抑郁表现的紧张情绪在1—2天内就会消散，你会连续几周沉浸在对宝宝的母爱的喜悦之中，这种全新的情感难以置信地强烈并且是无条件的。但是你的情绪常常会紧张，所以你会觉得自己置身于情感的波涛中，伴随着难以预计的感情波动。

实际问题

24小时照顾一个刚出生的宝宝是一件令人筋疲力尽的事情，并且对于过惯无拘无束生活的你是一个不小的冲击。当上母亲，你的生活方式彻底改变了。一方面，体验到对宝宝的爱是无限的；另一方面，对宝宝没完没了的喂奶、洗澡和穿衣感到束缚。

疲劳和抑郁

多数的新妈妈都是长期疲劳，特别是宝宝夜间多次醒来和不断哭闹。仅仅是疲劳，就能让你心情抑郁和萎靡不振。如果你长期心情抑郁，应找心理医生咨询（见第188页）。

全新的生活方式

尽管对你宝宝注入全身心的爱，你可能仍会埋怨生活习惯的改变——特别对从事高强度工作的你。或者你已经恢复上班了，所以你的生活不得不被分隔成几个部分。当你离开家，离开宝宝时，你可能会觉得内疚，特别是你找不到合适的托儿所或保姆时。

周围的世界

当你推着童车走在大街上时，你可能会注意到你被人视而不见，男人不再注意你，公共交通工具和建筑物都好像将你排斥在外。尽管你从事的工作是多么重要，这个世界好像从你身边匆匆而过。你觉得被困在家里，除了专职当母亲外，断绝了所有的社会关系。

同时，对于全球性的灾难——苦难、战争、饥荒、性骚扰、环境污染以及无家可归等，你会变得更加紧张——你的宝宝将来会怎样？

当然，你与丈夫的关系将遇到更大的压力。你期望能偎依在他的肩上，但发现他也不知该如何帮助你。你对宝宝投入全身心的爱，你丈夫可能会产生嫉妒并且要求你对他也应如此。

调整生活方式

当人们不再因你当上妈妈向你祝贺时，你应该明白，从现在开始，如果除了照顾宝宝还想做其他事情，你必须尽快学会安排时间，你要学会怎样同时处理两件事情并且开始全新的生活方式。你得花费2—3周的时间适应照顾宝宝的生活节奏。但是一旦你明白你早上该何时起床，宝宝午觉睡多久，晚上何时睡觉，你就能计划你一天的生活。你能明确你一天中什么时候最疲劳，什么时候最轻松——利用它可以做点其他事情，比如锻炼。

区分主次

不要为维持家的原样感到烦恼，很难像以前那样把家收拾得干干净净。如果你想继续把家里整理得有条不紊，那你将会筋疲力尽，因为总有成堆的东西要洗，更多的东西要收拾，所以不要竭力去收拾。学会接受这种杂乱，因为它只是暂时的现象，无关紧要，重要的是你自己的生活质量。

学会妥协

你得学会妥协任何事情——不仅仅指杂乱。你可能会担心你变得邋遢，因为你无暇修指甲和做发型，可能会怀疑因为这点你丈夫不和你过性生活；你可能会抱怨你和你丈夫不再一起出门；你可能担心你和你丈夫之间谈论的话题都是关于小孩；你会渴望重新开始上班；你可能对没有小孩的朋友感到嫉妒；你害怕所有这些消极因素和挫折会将你变成坏母亲。

适应改变

有一点必须记住：对于大多数女性，做母亲并不意味着改变，改变是困难的，但是你可以学会适应它。没有时间看报和看电视，并不能成为你不了解时事的理由。可改为收听广播，你可以边听广播边做家务；听音乐，让你的家充满歌声；从图书馆借有声读物；甚至可以播放磁带，提高外语水平。

自己的生活空间

你可能会觉得你不应该离开你的宝宝，但是短暂的分开是没有一点关系的。充分利用其他人提供的帮助，从你的母亲到婆婆、朋友、邻居和丈夫，为你照顾宝宝。你自己出门，比如买衣服，做按摩或看场电影，所有这些都能帮你找回自我和保持与社会的联系。

社会交往

与其他父母保持联系，不论是上产前教育课还是参加妈妈宝宝聚会——不要让自己孤立。与妈妈们分享做母亲的体验，使之变得更加积极乐观。轮流在你们当中的任何一个家里安排早间喝咖啡或交换衣服，这样其中一个妈妈就可以在社会性氛围中继续手中的家务活。一些妈妈宝宝聚会可以安排在游泳池边进行小组活动。可请一个瑜伽指导老师或健美老师到你们其中任何一个家里给你们上健身课。

尽量让自己融入多彩的生活中去，放弃生活中不重要的东西，珍惜生活中重要的东西，适应已经改变的生活并且保持自己的追求。

运动怎样改善心情

许多研究表明，进行有规律的运动对心理健康是有益的。心情抑郁时，如果开始运动，抑郁的减轻要比不运动者快得多。事实上，有规律的锻炼能减少紧张、疲乏、易怒和压抑并且能带来精力充沛和身体健康，这对于在产后由于育儿经常感到疲乏和压抑的妇女是十分重要的。

改善心情的因素

运动的镇静或放松作用通常被解释为它能促进体内毒素（因压力而产生的）排出体外。衡量紧张减少的程度可通过监测血压、心率、呼吸频率、皮肤紧张度、应激激素——肾上腺素和去甲肾上腺素的尿排泄量。

运动能带给你愉快的心情，还因为它长期的健康效应——促进循环，增强心脏、肺、骨骼和肌肉功能，控制血压、血脂、血糖，帮助消化，预防便秘。并且，当然它亦有助于美容，帮助你控制体重，带给你健康，让你容光焕发。运动同时亦带给你耐力、力量和柔韧性，使你变得更加自信和体态优美。

出门

锻炼也是消除日常疲劳的一种方法。当你锻炼时，刚好有机会思考问题。锻炼经常在户外进行，所以你可以走出屋子呼吸新鲜空气。你可以与朋友们一起，或处于健身馆这种社会氛围中。

多久能见效

那么，要锻炼多久才会开始有好心情呢？轻松的散步15—20分钟，就能迅速改变你抑郁的心情，但这是因人而异的，你可以与你的宝宝一起出去，自己去体验。如果你是刚开始锻炼，那么需要一段时间你才能觉得比较有活力，最先的体验倒是你会觉得比较累，因为在短期内你消耗了更多的热量，同时会感到肌肉酸痛。但是对于大多数的人来说，同时也伴随着心情的改善。

科学证据

20世纪70年代，科学家就发现一套剧烈的有氧运动能够迅速消除焦虑、抑郁、自卑和压力。接着发现，既消耗体力又是小运动量的有氧运动（跑步和步行）若能长期有规律地坚持，对改善心情将有积极的影响。

一个又一个研究发现，人们在工作后有力地跳跃1个小时，就会精力充沛和思维敏捷并且能持续相当长一段时间，锻炼还有下列好处：

■能够更加珍惜身体并对自己的健康充满信心。

■从生理和心理上放松。

■能够在工作上做得更好。

■有助于人际交往。

■消除忧虑。

■减少头痛、胃痛和注意力不集中。

■睡眠质量提高。

肌肉锻炼（无氧运动）也具有积极的作用。经常锻炼的人突然停下来能够导致痛苦和焦虑，这可能是由下面因素引起——体内内啡肽作怪。内啡肽是体内天然激素，它维持人们较好的心情，锻炼能消除抑郁通常被认为是提高血中内啡肽的水平所致。

产后抑郁

产后抑郁是很普遍的。新妈妈在产后如由她自己母亲照顾，一般较少发生。大多数的产后抑郁（postnatal depression,PND）患者几乎没办法治疗，它一般在产后3个月内发生，一半的患者会持续一年以上。产后抑郁可能持续3—4年，它使新妈妈在产后早期就体会痛苦并与丈夫关系紧张——在你觉得需要互相依靠时。

产后抑郁产生的原因

产后抑郁产生的原因还不太清楚，诱因可能为以下这些：

■得不到丈夫的支持。

■早产儿或烦躁的宝宝。

■抑郁症家族史和亲人死亡。

■在童年时代失去母爱。

专家们把PND看作是分娩和初为人母的自然反应，但是也有可能是激素变化引起的。

激素与心情

许多妇女在经前期、产后和更年期都会心情抑郁，因为这些阶段都是雌激素急剧降低的时期。在怀孕的时候，雌激素水平很高，这时几乎不出现抑郁，但在产后雌激素水平直线降低——同时伴随着孕激素和其他与生殖相关激素的降低。补充雌激素——常常用于治疗更年期综合征和经前期综合征，可能对产后抑郁亦有效，但还有待于证实。

另一种方法是抗抑郁药物治疗，所用药物必须是不成瘾和对宝宝没有副作用的（如果你正母乳喂养），服药2—4周后才有效。

产后抑郁的表现

产后抑郁的症状为：

■焦虑。

■不高兴。

■疲劳。

■易怒。

■不现实。

■失眠。

■食欲差和性冷淡。

■害怕不能操持好家庭。

■害怕不能照顾好小孩。

最后一条症状能够引起可怕的内疚感，即使妈妈很疼爱自己的宝宝，她也会担心自己爱得不够并且害怕宝宝会生病和死亡。

向医生咨询

有些妇女在产后经历了从产后郁闷到产后精神病的过程，而产后抑郁只是其中一部分。产后精神病是一种严重的抑郁症，一般500—1000个妇女中有一个发生。它是一种精神疾病，需要住院治疗，因为它使人产生幻觉和错觉从而对宝宝构成威胁，而患有产后抑郁的妇女不会对宝宝构成威胁。对宝宝冷淡或虐待宝宝的妇女通常在孩童时代曾受到同样的遭遇。如果你觉得不舒服，务必做到：

■与心理医生交谈。

■坚持每天睡午觉和散步，或做其他形式的有氧健身运动。

■饮食健康。

■与你丈夫快乐地交谈和拥抱（如果你不喜欢的话，不要做爱）。

■与你信赖的朋友（至少一位）保持联系，并且与其他的新妈妈们交朋友。

其他解决办法

许多妇女更喜欢向心理医生或临床医生咨询而不喜欢吃药，所以找一个能听你倾诉的人——他不会戴有色眼镜来看你并且会不时地鼓舞你，通过各种对话、交流是很有效的。所有这些的治疗都可由医生来安排。如不接受治疗你也会逐渐改善，但需要较长的时间。

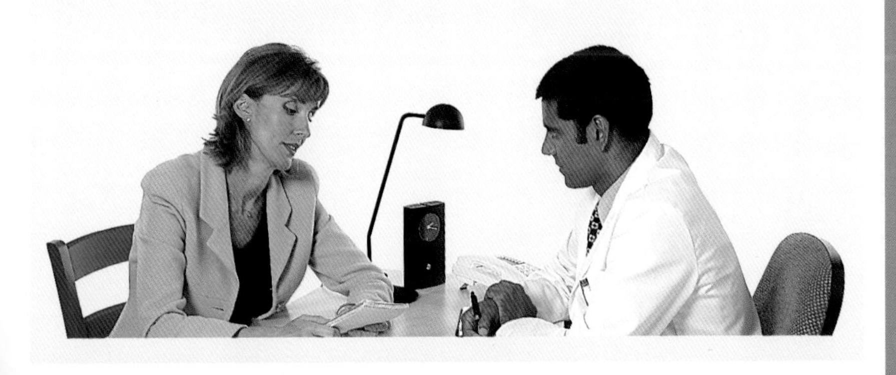

放松技巧

当你放下你的宝宝时，你的腰背是否无法伸直？是否注意到有时对你宝宝发脾气？当你紧张时，你的心跳和呼吸次数均加快，血压升高，肌肉紧张，同时脂肪、糖和应激激素均被释放到血液里。

压力让你想通过饮酒和吸烟来放松自己，以含糖点心来增加能量并且力图停止运动。你会变得烦躁和疲倦，并且你若不能放松自己，你将会增加患轻微传染病甚至是心脏病的危险。

另一方面，当你觉得放松时，你的呼吸频率、心跳次数甚至脑电波均会变慢，你的肌肉放松，你觉得快乐并且能忍受任何事情。深呼吸是所有放松技巧的基础，深呼吸能增加血液携氧量和降低心率。所以当你觉得紧张时，不妨停下手中的工作，做几下深呼吸。

自我催眠

运用催眠录音带，通过想象进行自我催眠来放松。一个优美的声音在倾诉，你好像置身于空旷的沙滩上，沐浴在阳光下，聆听着波涛的声音，让真实的世界逐渐褪色，你继续在海边漫步。在你准备苏醒时，数5下，睁开双眼，逐渐回到真实世界。

放松的其他技巧

■喝杯菊花茶或薄荷茶，因为这两种香味能起到平静的效果。少喝茶、咖啡及可乐类饮料能够减少咖啡因的摄入，而后者能导致你神经质和烦躁不安。

■将宝宝放在童车里，自己种种花什么的。

■在宝宝睡觉时，读一本好书，读书是紧张时最好的放松方法之一。向朋友们借有益的书。

■看喜剧片，开怀大笑是消除疲劳的最好方法，而微笑亦能愉悦你的心情，并且，当你觉得快乐时，你自然就放松了。

■边散步边做深呼吸，同时锻炼肌肉，这样能降低血压。

■做做瑜伽。

■用香料按摩油洗个热水澡。

沉思

沉思是另一种放松技巧。将电话线拔掉，静静地、舒服地坐在房间里，闭上眼睛，心里默念着美好的词语（比如“爱”等能唤起你美好联想的词语）10—20分钟。这种方法的主要目的是帮你理清纷乱的头绪。完整地、有规律地每天做一次。

深层次的放松

拔掉电话线，仰卧，腰部着地，头部垫高，闭上眼睛。从脚尖开始往上，接着小腿肚、大腿、臀部，最后是颈部和面部，先收缩后放松你能感觉得到的每一块肌肉。重复2—3次。接着绷紧全身肌肉，然后放松，重复2—3次。最后平躺几分钟。

你可以边做边听和缓的音乐。某些古典音乐作曲家如巴赫、韩德尔、维瓦尔第的作品，能使脑电波减慢。你也可选择现代音乐。

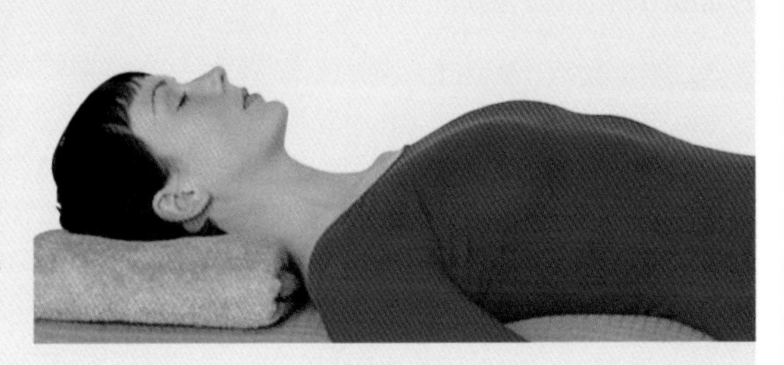

按摩

另一种传统的放松方法是按摩。它能使绷紧的肌肉彻底松弛并带给你非常舒服的感觉，如果在基本按摩油基础上另外加点香精油，那么效果会更好。据报道，依兰油、香根草油、檀香、柠檬香油、橙香、薰衣草油和甘菊都有镇静的特性。让你丈夫按摩，它会成为一段难忘的温馨时光。

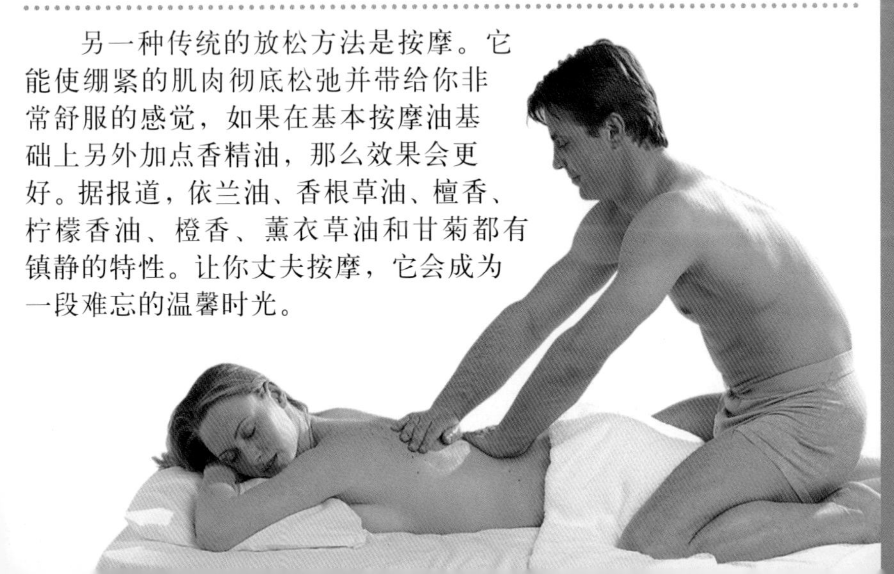

原著编辑人员

Project Editor Cathy Meeus

Art Editor Hugh Schermuly

Designer Eljay Yilirim

Copy Editor Anna Selby

Indexer Lynn Bresler

Picture Research Zilda Tandy

Managing Editor Anne Yelland

Editorial Director Sophie Collins

Art Director Sean Keogh

Editorial Coordinator Becca Clunes

Production Nikki Ingram

鸣 谢

The author and the publishers gratefully acknowledge the invaluable contribution made by Chas Wilder who took all the photographs in this book except:

8 top Matthew Ward; 10 Donata Pizzi/The Image Bank; 12 John P. Kelly/The Image Bank; 17 bottom Matthew Ward; 38 Barros and Barros/The Image Bank; 48 top Matthew Ward; 105 bottom Angela Hampton/Bubbles; 111 bottom Laura Wickenden

Special thanks to Jeanne McIntosh, chartered physiotherapist (Association of Chartered Physiotherapists in Women's Health); Glenys Sykes, health visitor, Croydon Community Health; The Association of Breastfeeding Mothers; The Centre for Pregnancy and Nutrition; La Leche League, The Baby Jogger Company (UK) Ltd.

The illustrations were produced by Chris Forsey, Janos Marffy and Michael Saunders.